镜子

王 —— 著

四川文艺出版社

图书在版编目（CIP）数据

镜子 / 王一著 . -- 成都：四川文艺出版社，2018.10
ISBN 978-7-5411-4942-9

Ⅰ.①镜… Ⅱ.①王… Ⅲ.①长篇小说—中国—当代 Ⅳ.
① I247.5

中国版本图书馆 CIP 数据核字 (2018) 第 183360 号

JING ZI
镜 子

王 一 著

策　　划　周　轶
责任编辑　王笃竹
封面设计　毛　木
内文设计　史小燕
责任校对　蓝　海
责任印制　周　奇

出版发行　四川文艺出版社（成都市槐树街 2 号）
网　　址　www.scwys.com
电　　话　028-86259287（发行部）　028-86259303（编辑部）
传　　真　028-86259306

邮购地址　成都市槐树街 2 号四川文艺出版社邮购部　610031
排　　版　四川最近文化传播有限公司
印　　刷　四川东江印务有限公司
成品尺寸　145mm×210mm　1/32
印　　张　9　　　　　　　　　字　　数　170 千
版　　次　2018 年 10 月第一版　印　　次　2018 年 10 月第一次印刷
书　　号　ISBN 978-7-5411-4942-9
定　　价　39.00 元

致镜子中的自己

愿苍老的只是容颜，心灵永不蒙尘

CONTENTS
目录

第一章　失踪的孩子　　　__001

第二章　寻　子　　　　　__023

第三章　回　忆　　　　　__041

第四章　命　运　　　　　__059

第五章　十五年前的失踪案　__077

第六章　重返案发地　　　__095

第七章　迷雾重重　　　　__113

第八章　王鸣鹃的设想　　　__133

第九章　刘青山的世界　　　__151

第十章　选　择　　　__167

第十一章　奇怪的病人　　　__189

第十二章　信　任　　　__209

第十三章　日　记　　　__227

第十四章　长不大的孩子　　　__251

第十五章　王鸣鹃的世界　　　__267

第一章　失踪的孩子

≡
≡
≡

分不清是早上还是中午，

昏黄色的天空一直死死地罩住自己生活的这个小城镇，

仿佛要把生活在里面的人活活憋死。

≡
≡
≡

刘青山看了看墙上的钟，已经指向八点了，他敲了敲儿子的房门，喊了声："刘夏，快起来吧，我要上班去了。早餐已经做好了，再不吃该凉了。"他把耳朵靠在儿子房门上听了听，儿子似乎翻了个身，嘟囔了一句什么。刘青山回到厨房用纱罩把粥和油条盖上，还有一碟咸菜。粥是刘青山起来煮的，油条是楼下买的，他看了看表，还有点时间，就静静地坐在厨房的餐桌旁边等着。大约过了十分钟，他摇摇头，轻轻地把门带上，下楼走了。

从刘青山家走到他的单位大概需要二十分钟，他从自家小区穿出来，穿过马路往县城外方向走，下了主路，有一段曾经是柏油路，现今却是年久失修已经开始露出路基的石子路。两旁是浓密的庄稼。风吹的时候瑟瑟作响，刘青山虽然已经习惯了这条路，夏天庄稼特别高的时候，他还是觉得有些吓人。

　　洛县玻璃制品厂的木质招牌斜斜地挂在大门两侧的水泥柱上，字迹已经开始有些斑驳，大门的铁锁也已经生锈了，刘青山想不起来上一次有车开进来是什么时候了。平时进进出出都从收发室旁边的小门进出。他跟看门的老林打了个招呼，直奔办公室。老林是个哑巴，整天阴沉着脸，眼睛无神，看人的时候似乎总在看你的身后，焦点不在你的脸上。老林言语不多，在玻璃厂当门卫已经有些年头了，由于交流不方便，刘青山基本上没跟他有过任何交集。他人长得高大，脸上很少有笑容，可想而知，这样的人并不招人待见。

　　老林的窗子从来都是半开半闭的，方便投递员给信，也方便他把报纸杂志信件递给路过的员工。刘青山从窗台上拿下来一份报纸，他不知道老林认不认字，反正现在厂里有文字的资料基本都是给他的。刘青山在这个厂子已经工作了快二十年，20世纪80年代初期刚上班的时候，父亲刘永住也在厂里，那时候还是玻璃制品厂的繁华时期，厂里员工上百人，订单应接不暇，厂里的产品也多种多样，从生活用的小镜子，到梳妆台镜子，再到那种硕大的雕花镜，一米五高一米宽，几乎是新人结婚必买的东西，还有些学校用的玻璃仪器，光学三棱镜等等。那时候厂里效益好，除了厂房，还盖了一栋八层高的办公楼，这在当时绝无仅有，而且还配备了两架电梯，不少人都把那当成县里观光旅游的地方，至少那是县里唯一能坐电梯的地方。可惜好景不长，市场经济发展了，玻璃厂的生意渐渐开始没落，厂里的人也越来越少，靠着政府拨款勉强度日。这让曾经踌躇满志的刘青山顿时觉得前程渺渺，不过还是抱着一线希望期待有个好厂长能让这厂子起死回生，恢复往日繁华的景象，自己也可以大展抱负。不过厂长已经个把月不露面，整栋办公大楼里面几乎就剩下刘青山一个人了，只有八楼还留作厂长办公室和技术员办公室，其他的楼层基本上要么就是空闲，要么就是当作储物间了。除了办公楼，还有上千平方米的厂房，如今就剩下三五个上了年纪的工人，年轻人有能耐的早都走了，这些工人每天就是打打扑克，生产加工设备早就落了一层尘土。

　　刘青山觉得自己似乎有点强迫症，他归结于自己这几年实在太闲了，以至于没事就打量自己的办公室，有哪点不顺眼的地方自己都要想着法变过来。他在办公桌对面放了一块镜子，这是他当年参加工作后制作的第一块，虽然有瑕疵，可是他认为有纪念意义。镜子的周围那种暗黄色的木框，现在早已经找不到了。他每天到单位必然要擦擦这块镜子。有一次刘夏来办公室玩，男孩子调皮，十分钟之内就把父亲的办公室翻了个底儿朝天，刘青山从来不批评儿子，那次狠狠地揍了儿子一顿。

进了办公室，刘青山把书架上那些本就一尘不染的相框和奖状又简单地擦拭了一遍。给自己倒了杯水，他站在窗边，一边喝一边看着远处。刘青山家住县城郊区，站在自家五楼的南面阳台上可以看到县里全貌，站在北面的阳台上，看到的都是县城外面的庄稼地。庄稼地的中间有一个四四方方的围起来的地方，显得特别突兀，那就是刘青山的工作单位。所以刘青山站在自己的办公室窗前，也能看到自家的北阳台，他看到远处自家窗子上亮了一下，有点刺眼，知道是刘夏起床了，他总喜欢一边吃早饭一边站在阳台上往外看。

想到刘夏，刘青山忍不住叹了口气，儿子刚好到了叛逆期，不怎么听话，一不顺意倔脾气就上来，几天不跟刘青山说话。放暑假这些天，看别的同学都有游戏机，他也嚷着要，刘青山对儿子的教育一向严厉，认为那肯定是影响学习的事情，所以坚决反对。刘夏看父亲这么坚定也没办法，只好扭着，基本上都是等刘青山走了才起床。刘青山对此束手无策，不过他知道儿子还是比较理智的，过一段时间自己想清楚就好了。

刘青山觉得百无聊赖，整栋楼里安安静静的，甚至有人从一楼进了大厅，他都能从八楼听见。他盯着自己办公桌前的镜子，看着自己眼角那已经很明显的皱纹，有些疑惑。自己每天到这里来究竟是为了什么呢？好像行尸走肉一样。这样的生活让他看不到任何希望。长时间没有任何业务，厂长几个月都不露一次面，厂里人都说厂长只不过是来挂职的，厂子死活根本不担心，反正国家养着，厂长自己还有别的营生。所以每天喝茶看报纸就成了刘青山的主要工作。他似乎对自己死气沉沉的生活早已经失去了希望，唯一的寄托，大概就是自己的儿子。就像这些天越来越阴暗的天空一样，有时候都分不清是早上还是中午，昏黄色的天空一直死死地罩住自己生活的这个小城镇，仿佛要把生活在里面的人活活憋死。偶尔看见太阳，也是那么微亮的一片，看不出圆形的轮廓。儿子就像是远处自己家里那闪耀了一下的光点儿，让他还能提起兴趣望着远方。

他百无聊赖地拿起报纸，打开背面看着天气预报，写着洛县地区晴。他早就不相信天气预报了，他觉得天空昏暗的样子怎么能是晴天呢？反正天气预报也不能百分之百准确，他就当笑话来看，省气象预报的人工作真好干，蒙对了就对了，蒙不对也没事，就以天气预报并非百分之百准确为借口搪塞过去了。而且似乎也没人追究天气预报的准确性。

儿子最爱吃自己做的红烧鲫鱼。下班后，刘青山拐到县里的菜市场买了条鱼，想缓解父子间紧张的气氛。到了家后，他发现餐桌上留着一张纸条，上面写着："爸，我去杨晓宇家了，今天不回来了，你不用等我了。"杨晓宇是刘夏同班同学，两个人从幼儿园就同学，一直是好朋友。刘青山失望地看着手里已经清理好的新鲜的鱼，犹豫了一下，不情愿地放到了冰箱上层冷冻起来。他看了看桌子上儿子吃剩的饭菜，也懒得热了，半根油条是儿子吃剩的，闻了闻还没坏，就着咸菜就吃了。

刘青山想给杨晓宇家打个电话，拿起电话来，又犹豫了一下，怕儿子不接或者被杨晓宇家知道儿子跟自己闹矛盾有点不好意思。想想反正儿子经常去，应该也没什么事情。县城不大，杨晓宇家离刘夏家大概走路也就不到半个小时，杨晓宇有时候也来刘夏这里过夜。刘青山靠在沙发上看电视，不知不觉睡了过去。

迷迷糊糊的刘青山做了个噩梦，梦见在一个空旷陌生的地方，自己拼命地奔跑，儿子的身影就在前面，可是自己怎么追也追不上，一不小心自己被什么东西绊倒了，刘青山一下子就醒了过来。他看了看墙上的钟，已经过了十二点，电视上已经没节目了，都是雪花。刘青山看电视的时候天还亮着，也没开灯，现在屋里漆黑一片，就剩下电视机的噪声，忽明忽暗的光线映在他的脸上，眼睛一阵阵刺痛。他实在懒得起来，挣扎了许久才晃晃悠悠站起来。然而，就在走近电视机的瞬间，他透过电视机的反光，觉得好像有个人站在自己身后，激灵了一下，回头看去，什么人也没有。他关了电视机，开了灯，屋里屋外安静得要命，甚至能听到灯管的电流声。他觉得自己最近精神不太好，或许是单位的事情想得太多了，或许是儿子也让自己操心。有时候半夜醒来就再也睡不着了。他打着哈欠，上了趟厕所，又喝了口水，回到卧室努力地让自己入睡。

他再次睁开眼睛的时候，天已经大亮了，他习惯性地蹑手蹑脚起床，进厨房做饭，看到儿子留的条子才想起来刘夏昨晚不在家。也不知道刘夏身上带没带零钱，不知道杨晓宇家早饭是不是随便对付。孩子渐渐大了，已经不是那个原来对自己言听计从的小不点儿了，他觉得自己对儿子的掌控正在一点点失去，就像手里紧紧握住的一把沙子，虽然手里还有，可是能感觉到它正在指缝之间一点点流逝。

不用照顾儿子，他比平时提前了半个小时出门。到厂门口的时候，老林已经在收发室了。在刘青山的印象中，老林似乎从来没离开过收发室，也不知道他的家在哪里，家里还有谁。他也懒得多想，径直穿过大门旁边的人行小门。不知道老林能不能听见自己说什么，他知道有些哑巴是因为耳聋才哑，其实嗓子是好的，有些人本来可以说话，但是后天受伤就不能再说了，却听得见。他还是下意识的嘴里嘟囔了一句"早啊！"老林的脸色依然像这天空一样阴暗，刘青山看不到老林的眼珠子转，仿佛死死地盯着自己身后的某一个地方。刘青山已经习惯了老林这样的表情，不过他转头的时候似乎从余光里面看到老林有些诡异地笑了一下。他不知道老林以前一直这样只是自己没注意到，还是今天才这样，他拿了报纸，脚步稍微迟疑了一下，继续走向自己的办公室。

刘青山的办公室在八楼。两部老式电梯面对面，电梯里面都镶着玻璃镜。其中一部已经停运，要启动的话需要钥匙。他按下电梯旁边向上的按钮后，就那么等着。等了好一会儿，叮的一声，身后的电梯门开了，是平时停用的那一部，那里面似乎灰尘很多，还有股发霉的味道，只有走进电梯正对面的玻璃镜子还算干净。他又恨恨地按了两下，希望自己平时用的那部电梯下来，不过作为技术员他多少明白，同一楼层已经有一部电梯停着了，另外一部是不会下来的。

他有些不情愿地走了进去，按下数字8。他是个比较容易较真的人，心里还有些纳闷，平时几乎都是自己一个人在用电梯，昨天走了之后电梯应该停在一楼，停用的那部电梯也只能锁在一楼，可是今天等了这么久，电梯一定是从八楼下来的。按说，自己要是按了按钮，应该是离自己最近的一部下来，难道两部电梯都停在八楼？他止不住脑子里的胡思乱想，他想自己有钥匙，老林也有钥匙，这肯定是老林打开的，不知道老林这家伙搞什么鬼。

出电梯的时候，他留了个心眼，用钥匙把电梯拧到维护那一栏，这样电梯就敞开着门停在八楼，他想看看另外一部电梯停在几楼，于是又按了按向下的按钮，果然对面的电梯门一下子就打开了。这证实了两部电梯都停在八楼的猜想是正确的，两部电梯面对面，门都开着，电梯里面两面大大的玻璃也互相照着，刘青山看着两面镜子里面互相映出来的无限的倒影，自己的影像一点点缩小，最后终结在一个点，他既可以看到自己的正脸也可以看到自己的背影，这是个挺奇妙的感觉。

他想起来自己以前给刘夏解释过。刘夏小的时候得天独厚地拥有很多别的孩子羡慕的玻璃玩具，就因为刘青山在玻璃制品厂，他可以带回家一些三棱镜，在墙上折射出彩虹，还有些晶莹剔透的玻璃丝，好像水滴向下滴的瞬间被凝固了一样，当然还有玻璃房子，四面都是反光镜。刘夏很喜欢，他觉得在那里似乎整个世界都被无限放大，不知道有多少层。他跟刘夏说："一面镜子只能照出来一个自己，可是两面镜子呢？"刘夏说："当然是两个自己了。"刘青山摇摇头："两面镜子要是互相照射的话，可以照出来无限多个自己，左面的镜子里有你的影子，右面镜子里也有你的影子，可是左面的镜子又会把右面的镜子里面的影子再次映射出来，右面的镜子又同样会把左面镜子里的影子照射出来，这样下去无穷无尽。"儿子恍然大悟地点点头。

刘青山想想那时候的儿子还是很听话的，一不留神儿子已经长这么大了。他感叹着转身进了办公室。刘青山把手里的报纸平平整整地放到桌子上，回身倒了杯水，心里感慨，说不定什么时候这办公室就不属于自己了。他不是个宿命论者，不过也经常感慨或者是安慰自己，也许命运自有安排，自己想多了也没用。

他站在窗前，想等着看到儿子起床开阳台上的窗子那一刹那，那是他一天的亮点。可是想了想，今天儿子不在家。他转身踱到自己办公桌对面那面镜子前，看着发黄的边框发愣。镜子正好照着自己的书架，他透过镜子发现有些什么地方不对，书架上那个摆在最显眼的位置的相框倒下了。那张照片是张黑白照片，是父亲刘永住当时在厂里最风光的时候，县里领导来视察时拍下的。刘青山心里纳闷，自己的办公室应该不会有人来过，自己明明记得昨天走的时候还好好的——所谓的强迫症让他每天临走时都仔细审视一下自己不大的办公室，都没问题了，才走人。刘青山放下水杯，转身走到书柜边上，想把那倒下的相框扶起来，却赫然发现那个相框明明好好地放着，父亲刘永住正一边握着县里领导的手，一边看着镜头，洋溢的笑脸好像正看着刘青山一样。相框上一丝灰都没有，他揉了揉自己的眼睛，想自己一定是眼花了。可能自己年纪也大了，脑子就像是一部机器，不用就会生锈，自己大概也真是要老了。他摇了摇头，叹了口气，回到自己的座位上，直愣愣地看着窗外发呆。

过了一会儿，他又回过头来拿起了报纸，注意到反面有一则消息，说电子游戏机越来越流行，家长也不必感觉"狼来了"，适当地玩电子游戏也可以开发孩子们的智力、手脑配合的能力。刘青山想想当自己严词拒绝的时候儿子眼里流露出来的失望，不禁心里一颤。他问自己："是不是太绝对了？新事物层出不穷，挡也挡不住，堵不如疏。"他又仔细地阅读了起来，想了许久，他决定让一步，给儿子个惊喜。他知道县里唯一一个卖电子游戏机的商店在哪里。

正当他准备收拾东西出门的时候，电话铃急促地响了起来。他接起电话，那头是杨晓宇的父亲。杨晓宇的父母原来都是玻璃制品厂的职工，后来大概是因为厂子效益不好，早早地离开了厂子。杨晓宇的父亲叫杨建军，比刘青山大两岁，可是以前在厂里的时候都管刘青山叫刘老师，因为刘青山是唯一的知识分子，后来他还给杨晓宇和刘夏补课，这个刘老师就一直这么叫着。

杨建军的语气有些着急又有些支支吾吾，他问："刘老师，刘夏在家吗？"刘青山有些好笑："老杨，刘夏昨天给我留个条儿说是去你家了，我早上出门上班的时候还没回来，是不是还睡着呢？"杨建军电话那头忍不住"哎呀"了一声，他小心翼翼地说："刘老师，事情是这样的，昨天他确实来了，可是俩孩子半夜溜出去玩了，晚上就杨晓宇一个人回来的，都大半夜了，他说刘夏可能回家了。"刘青山一听皱起了眉头："他根本没回来啊。"杨建军说："刘老师，你别着急，咱俩见个面，再细说。"

刘青山赶紧急急忙忙地下楼，奔回家里，里里外外都看了一遍，觉得丝毫没有儿子回来过的迹象，心里真有些慌了，脚步踩到地上都觉得软软的，甚至一不小心就要摔倒，一度要扶着什么才能站稳。他又重新出门往外走，刚到楼下，就看见远处杨建军带着杨晓宇急匆匆地跑来。

杨建军浓眉大眼，常年干体力活，皮肤晒得黝黑，两条黑黑的眉毛紧紧地锁在一起。两个孩子从小就一起长大，他把刘夏也几乎当儿子看。刘青山下意识地看了看自己的手表，已经十点多了，门口卖油条的小伙也早不见了。他强忍住内心的焦虑，问杨建军："老杨，你快跟我说说是怎么回事。"旁边站着的杨晓宇满脸泪痕，还抽泣着，看样子在家里的时候已经被杨建军问过了。

杨建军抱歉地说："刘老师，这事情都怪我。刘夏昨天来我家，中午我还带着他们出去吃的烧烤，下午回来我去干活，两个小子在家，就在电视前面打游戏，我晚上下班回去俩人还在屋里，一下午都没出屋，我也没在意。刘老师，我是个粗人，管孩子没你那么细心，再说他俩从小在一起，俩人从来没干过什么坏事。叫他俩吃饭，他俩也不搭理我，我就给了他们十块钱，让他们要是等会儿饿就自己到楼下小卖部买点东西吃，我就睡觉了。晓宇他妈没在家，我也懒得做饭了。"刘青山焦急地看着杨建军，杨建军咽了口唾沫，又说，"我刚睡就听见俩孩子说要出去溜达。我就让他们早点回来。后半夜的时候我听见门响了，听见晓宇的声音，我问他刘夏呢，他说刘夏可能回家了。我早上起来看孩子脸色好像不对劲儿，他催着我打电话问问刘夏到没到家，我想咱两家才二十分钟路，县城这么小，谁都认识，还至于丢吗？后来他跟我急了，我这才给你打的电话，没想到刘夏没回家。"

刘青山急忙拉晓宇过来，看杨晓宇一直满脸恐慌，怕吓着孩子，就轻轻拍着杨晓宇的背，尽量不急不缓地说："晓宇，跟叔叔说说，你俩晚上去哪儿了？你最后一次看见刘夏是在什么时候？"其实刘青山心里一直在想，儿子估计是跟自己赌气，说回来却没回来，跑到别的地方玩去了。虽然他很少这么干，但是他儿子的倔脾气已经开始有了，他自己也知道。

杨晓宇个头要比刘夏高，跟他爸爸在一起一看就是一个模子出来的，浓眉大眼，平时见到刘青山都叔叔长叔叔短地叫个没完，这是第一次刘青山看到杨晓宇这么萎靡。几年前两个人趁家长不注意，溜到郊外去玩，结果刘夏的左腿被枯树枝划破，鲜血直流，也多亏了杨晓宇机灵，用衣服紧紧地扎住伤口，赶紧跑到路边叫人来帮忙，否则刘夏就可能因为失血过多或伤口感染死亡，后来刘夏左腿大腿上留下了一个将近十公分的疤。刘青山记得那时候杨晓宇手上身上都是血，也没见他惊慌，还是很镇定地把事情的经过描述了一遍，刘青山觉得这孩子行，长大肯定有出息，就是有些淘气，可是哪个十几岁的男孩子不淘气？所以后来杨晓宇跟刘夏出去玩的时候，他都是叮嘱杨晓宇多照顾点刘夏，他对这个孩子很放心。

杨晓宇嗓子有些沙哑，啜泣着把事情讲了一遍。

杨晓宇的爸爸老早就给儿子买了个游戏机，这让刘夏羡慕不已，软磨硬泡刘青山好几天刘青山都没有松口，刘夏有些失望，只好赖在杨晓宇家玩。两个人玩了一下午魂斗罗，到晚上的时候已经头昏眼花，刘夏打得没有杨晓宇好，总是先把命死光只能看着杨晓宇玩，他愤愤不平地说："要是我爸给我买了游戏机，我练习一下一定比你好。"杨晓宇嘿嘿一笑："别吹牛，技术可不是一天两天就能练出来的。"刘夏索然无味了，拉着杨晓宇去找东西吃。两个人到楼下小卖部买了两个面包两根火腿肠，刘夏边走边吃，突然灵机一动，问杨晓宇："电子游戏冒险有什么意思？你敢不敢来真的？"杨晓宇说："有什么不敢，不过这附近咱们不是都玩过了？再说，你忘记你的腿了？"刘夏摇摇头说："有些地方白天去和晚上去不一样，虽然白天我们很熟悉，可是晚上就不知道了，你敢不敢去我爸的厂子里？"杨晓宇知道刘夏爸爸在县玻璃厂做技术员，他也去玩过。

县城里没什么好玩的，刘青山的厂子是刘夏最喜欢的地方。厂房里面空旷平整，挡风遮雨，打球踢球都行，办公楼里面也可以楼上楼下地爬，所以一放假有空，刘夏就带着几个小伙伴去父亲的厂子玩，当然也包括杨晓宇。看门的林大爷虽然认识他们，可是死板着面孔不让进，不过每次他们都从后院的院墙进去，厂里其他的员工倒是挺和气的。刘青山不太愿意儿子到自己工作的地方玩耍，不过这几年厂里根本没有订单，整个县里连个像样的体育馆都没有，厂长又不在，所以也就睁一只眼闭一只眼了。

平时他们都是白天去的，倒还真没有晚上去过，不过想想偌大的厂房，还有楼房，还要穿过那片庄稼地，杨晓宇有点害怕。刘夏取笑他："我就知道你胆小，算了，你知道那个看门的林老头吗？听说他半夜就在厂子里巡逻，估计碰到你能把你吃了。"杨晓宇被刘夏这么一激，壮着胆子说："去，有什么不敢，你敢我就敢。"

晚上八点多，县里的公路上还有些人来人往，车子不多，有些人就悠闲地走在马路中间。有些人摇着蒲扇喝着茶水纳凉，有些人坐在路灯下下象棋，三三两两的人们悠闲自在地游荡在这个小小的方块县城里。两个人决定要晚一点去，去得太早了怕林老头还没睡，就跑到电子游戏厅去晃悠了一圈，直到十一点半，两个人才出来。那时候路上人已经不多了，除了偶尔的狗叫，马路上基本看不到人影，路灯把两个人的影子越拉越长。从主路下到玻璃厂的那段路没有路灯，刘夏心里开始有点打鼓，可是也不好意思说不敢，怕被杨晓宇笑话。两个孩子就壮着胆子往前走。地里的庄稼黑黑的一片，跟夜色连在一起，只有风吹的时候才有瑟瑟响动，从小变大，从远及近，觉得到了跟前又突然停住不动，就像有人就隔着那层薄薄的庄稼在窥视着这一切。两个孩子靠着远处那栋办公楼里微弱的灯光指引着方向，摸索着前行。其实刘夏手心已经都是汗了，有点后悔这个决定，杨晓宇也是一样的心理，只是两个人都憋着不好意思说，怕对方笑话。白天对孩子来说也就十几分钟的路，他们摸索着走了快半个小时。

到了门卫的时候，门卫室的灯光亮着，两个人马上又兴奋起来，他俩躲到黑暗的角落里看着门卫室，想要像电视里地下党跟踪敌人那样。过了许久都看不到里面有人，他俩沿着墙根猫着腰，溜到了小铁门的旁边，这种铁栅栏门大约有一人多高，对于一个十几岁的孩子来说，爬到门上再翻过去轻而易举。不过杨晓宇示意刘夏，那门是虚掩着的。两个人蹑手蹑脚地把门拉开，由于年久了，生锈的铁门发出刺耳的金属摩擦声，在寂静的夜里显得特别突兀。他俩吓了一跳，等了一会儿没动静，也不敢再拉了，就从拉开的刚好够两个人侧身挤进去的缝隙中钻了进去。

杨晓宇问刘夏去哪里，刘夏指着父亲的办公楼说："看那里有灯光，咱们去那里看看。"这栋楼杨晓宇平时也没少来，可是晚上黑洞洞的还真没来过，果然跟白天感觉不一样。两个人一路跑到大楼旁边，按说平时晚上过了七点，玻璃门都会上锁，不过今天俩人一推门就开了，他俩一阵惊喜。杨晓宇问是走楼梯还是坐电梯，刘夏想了想说："我怕走楼梯到顶的时候门锁了，咱俩还得往回返，坐电梯吧。"

　　杨晓宇和刘夏都爱坐电梯，这是县城里唯一的一部电梯，据说现在县里新盖的百货大楼会有电梯，不过那也不是这种直上直下的，而是那种电动扶梯。两个人按下电梯按钮，等了好久，身后的电梯突然叮的一声开了。两人对视了一眼，也没在意。进了电梯，杨晓宇看着灰蒙蒙的镜子说："我怎么好像从来没坐过这一部电梯，我记得以前叔叔都是带我坐左边的那部。"刘夏说："我也不知道，我也没坐过这部，不知道为啥今天开了。"两个人不约而同地都要按数字8，碰到了一起，互相对视了一下。杨晓宇问刘夏："去刘叔叔的办公室？"刘夏摇摇头："我就想去最高层，我爸不让我去他办公室，他什么东西都摆得规规矩矩不让我碰，总以为我是小孩子。"

　　电梯缓慢启动了，像个沉睡了很多年的巨人，身体的各个零件都已经锈住，咯噔咯噔地一点点活动着筋骨。任何一点小声音，都在这寂静的夜里被电梯通道无限放大，听起来就像是远处传来的回音。以前他俩坐电梯都很享受，今天却觉得这狭小的空间让人有些毛骨悚然，都想快点出去。

　　电梯终于减速停稳，叮的一声打开了。楼道里一片漆黑，刘夏有点纳闷，刚刚在楼底的时候好像看到八楼有灯光闪。两个人走出电梯，身后的电梯缓慢而沉重地关上，好像把最后一丝光都要带走，刘夏眼疾手快，把手伸进电梯快要关上的门中间，电梯犹豫了一下又缓慢地打开了。刘夏说："电梯门一关咱俩啥也看不见了，这样还有点灯光。我站在这里等着，你去找个什么花盆或者垃圾桶之类的卡在这里。"楼道中间黑洞洞的，深邃而不可捉摸，杨晓宇有点犹豫，刘夏着急地说："快点，要不你在这里卡着，我去找东西，随便找个门进去。"杨晓宇定了定神，说："你等着，我去去就来。"刘夏就站在电梯门口两手平伸，抵住电梯门，他觉得自己像个英雄，跟杨晓宇说："同志，你先撤，我顶得住！"

杨晓宇连着推了几扇门都锁着，最后推到了一扇松动的门，赶紧进去，也没敢开灯，就顺着门摸到旁边有把塑料把的扫帚，他觉得太细可能拦不住门，就侧身挤进屋子，顺着墙往下摸，碰到了一把椅子。他赶紧把椅子拎起来，刚想回身开门，就在这时候，屋里的报时钟响了，他吓了一跳。钟响了十二下，与此同时，他似乎也听到楼道里有一声不大不小的响动，他没多想，把椅子拎出来，回身把门又轻轻带上。这时他才发现，楼道里竟然一片漆黑，而且一点声音也没有了，安静得像从来没有人来过一样。

杨晓宇进来的时候还回头看了看刘夏的方向，还能看到电梯里渗出来的白光，还有刘夏向他挥动的手。现在他只能借着楼道从两侧窗子透进来的极其微弱的光辨别方向，过了好久眼睛才适应，他拎着椅子靠着墙朝电梯的方向踱步，有些害怕，又不敢大声喊，压低着嗓子说："刘夏，你在哪儿呢？"走廊里都是自己的回声，杨晓宇觉得自己都能听见自己扑通扑通的心跳。他已经开始带着哭腔了，"刘夏，你在哪儿？你别吓我了，我没你胆大还不行吗？你快出来吧，我……我想回家了。"走廊里依然是杨晓宇自己的回音，还有手中的椅子不时地碰到墙和门发出的摩擦声。

　　走到电梯前的时候，杨晓宇已经不是拎着椅子了，而是依靠着椅子的支撑，借着微弱的按钮的光，他按下了向下键，他猜可能刘夏躲到电梯里想吓唬自己一下，他已经准备好拳头，如果真是刘夏的恶作剧他非胖揍他一顿。电梯门开了，里面空空荡荡，杨晓宇把椅子靠在电梯门旁边抵住，他上下打量这个小小的空间，刘夏根本没地方可以藏起来。他声音有些颤抖地喊："刘夏，你快出来吧，一点都不好玩，我要走了。"

　　就在这时他似乎觉得背后有些异样，抬起头来只有灰蒙蒙的镜子，似乎什么也看不清。他猛地一回头，忍不住大叫起来，林老头正死死地盯着自己，他直直地站在那里，可能是由于光线的原因，两个眼窝深深地陷进去，黑洞洞的看不清眼珠，茫然地面无表情。杨晓宇觉得头皮发炸："啊"的一声狂叫起来，顾不得门口的椅子，赶紧冲出电梯，朝楼道方向跑，一口气从八楼跑到一楼。发现没有人追来，这才稍微喘了口气。他大喊了两声："刘夏，你在哪里？我要回家了！"寂静的夜空像是把自己的声音都吸了进去，一点回音也没有。他回身看看黑洞洞的矗立在那里的楼房，一扇扇窗子像是一个个黑洞洞的眼睛，他死活也不想回去了，他生怕看到窗边站立着一个人正盯着自己。

他想不了太多，一口气推开铁门，一路一脚深一脚浅地跑了回去，直到进了家门，还止不住剧烈跳动的心脏。杨建军听见响动问是谁，杨晓宇带着哭腔说："我回来了。"随后一头钻进被窝，把自己紧紧地缩成一团。杨建军看了看时间，已经快一点了，他嘟囔着："太不像话了，越玩越野，都后半夜了。"随后翻身睡了过去。

第二章　寻子

≡
≡
≡

外人来第一眼看到的收发室，

光秃秃的墙上竟然一面镜子都没有。

≡
≡
≡

刘青山对杨晓宇的描述有些半信半疑。他信这孩子说的话，可是事情又让人觉得有些不可思议，刘夏固然调皮，可是不至于玩笑开这么大。既然杨晓宇提到了老林，他跟杨建军说："我先回单位找老林问问。你先回去吧，要是晓宇想起来什么就跟我说一声。刘夏这孩子这几天跟我犯了倔脾气，也许半夜跑到亲戚家也不一定，找到他我一定好好修理他一顿。"杨建军不好意思说什么，他想建议报警，可是又怕本来没那么严重，一提报警反而让刘青山更加焦急，只好安慰说：

"刘老师，你也别急，我再问问其他的同学，看看有没有知道的，刘夏这孩子机灵，应该没事。"

刘青山觉得这事情可能跟老林有关，或者毕竟老林晚上在打更，可能知道些什么，他赶紧赶回单位。老林还像往常一样坐在收发室，刘青山穿过小门，跟老林挥了挥手，又敲了敲玻璃，用手指指收发室的门，示意他开门。过了一会儿老林开了门，刘青山以前从来没想过怎么和老林打交道，他用手比比画画，大声说了半天，可是老林眼珠似乎都没有转过一次，就那么直直地看着刘青山。刘青山忽然觉得老林看起来像一个僵尸，他被自己的这个想法吓了一跳。忽然他想到了个办法，他把自己的钱包拿出来，里面有一张他和儿子的相片，他指了指儿子，又示意老林回答是否见过他。老林看到照片，眼睛里稍微闪了一下，可是明显地摇了摇头。刘青山有些沮丧，但他还存有一丝别的希望，所以也没有太跟老林计较，就点头说谢谢，退出了收发室。

刘青山走在去办公室的路上，忽然想了想这间收发室似乎有什么不对的地方，可是怎么也不知道这感觉从哪里来，可能是自己多虑了吧。他回到自己的办公室，拿起电话簿开始拨电话，把刘夏所有熟悉的同学家长都打了一遍。每打一个电话他的心都往下沉一点，他多希望电话那头的家长说："噢，刘夏啊，在我这儿呢，刘夏，过来接电话，你爸爸找你。"可是每个人无一例外的都说没见过。还剩下最后两个号码，他不太愿意打的，可是现在也没办法了，他拨了自己电话号码本上的第一个号码，手写的吴美萍三个字，虽然自己早就能背下来，可是他还是谨慎地用手指着号码一个个地确认自己拨对了。电话接通了，对方"喂"了一声，他低声说："美萍，我是青山……你别挂电话。"对方冷冰冰地说："有什么事，快说，我在工作呢。"他说："刘夏去没去你那里？昨晚出去了就没回来，我有点担心。"电话那头说："孩子给你了，你就得负责，别有事没事给我打电话。别说没在我这儿，就是在我这儿也没义务告诉你，别找我，有事找公安局。"刘青山还要说话，电话那头已经挂机。

刘青山又拨了另外一个电话，一个略带苍老而柔和的声音传了过来："您好，请问您找哪位？"刘青山说："妈，我是青山。"电话那头沉默了一会儿："青山啊，有事儿？"刘青山说："妈，刘夏去没去你那里？""没有啊，怎么了？"刘青山不想让对方着急，他故作平静地说："哦，没事，昨晚这孩子跑同学家去了，没回来，我就想问问，我再问问别人。"说着就要挂电话。刘青山的母亲说："你打到我这里来已经是最后一个能想到的人了吧？"刘青山无言以对。沉默了一会儿，他说："妈，你想多了，我还在单位上班，有时间再跟你说吧！"刘青山的母亲说："你的厂子能有什么工作可做？不要欺负我老，你的倔脾气跟你爸一样。"刘青山不想在这时候再提到父亲，他"啪"一下挂了电话。

　　他放下电话，一下子瘫坐在椅子上。脑子里一片空白，他起身把书架上父亲的照片拿了过来，放在手里端详。那差不多是十几二十年前的黑白照片了，父亲大概也就像是自己现在的年龄，不过比起自己来，那时候父亲也是厂里的骨干，正是在大好的风头上。他想做个好父亲，可是却把唯一的孩子弄丢了。他起身走到那面黄木框镜子面前，想着当年自己刚进厂子的时候父亲带自己的情景，可是那些情景都越来越模糊，似乎最终都将离自己远去。他凝视镜子的时候，忽然脑子里反应过来，这是一家玻璃制品厂，厂里厂外到处都挂着玻璃制品，尤其是镜子，每个办公室都有自己厂子的产品，甚至厂房里面各个角落也有。可是那间收发室，外人来第一眼看到的收发室，光秃秃的墙上竟然一面镜子都没有。他回想老林的房间，一张乌黑框架的铁床，一张暗红色的陈旧的桌子，三面墙壁都是白白的白粉墙，光秃秃的什么都没有，收发室对外的窗子是唯一的玻璃制品，甚至连门都是死木门。那时候并不流行这种门，大部分办公室的门都是带窗子的。

　　他控制不住自己的胡思乱想，把东西收拾了一下，又匆匆地下楼了。想起杨晓宇提到的电梯，他下意识地看了看那个不经常用的电梯，还是早上被自己锁在八楼，按照杨晓宇说的话，他最后一次见到刘夏就是在这里。他用手轻轻地擦了擦灰蒙蒙的镜子，镜子上立刻留下了自己的指痕，灰尘后面的玻璃镜子依然亮晶晶的崭新。他拧动钥匙，把电梯启动，停回一楼，锁住之后匆匆地离开了单位。

　　洛县派出所就在县中心的十字街上，刘青山骑着自行车风驰电掣地冲进派出所大院，车子随手就倒在路边，三步并作两步跨进办事大厅。接待他的是刚从警校毕业的王鸣鹃，她让刘青山坐下又给他倒了杯水，让他先别急，把事情的经过讲一下。刘青山大致地把情况说了一下，王鸣鹃停下笔，抬头问刘青山："你说他失踪了，是昨晚十二点左右最后一次见到他？"刘青山点点头说："是他同学这么说的。"王鸣鹃说："按照我们的规矩，失踪不超过二十四小时不能立案。"刘青山急了，不由自主地提高了声调："小同志，我的儿子我是知道的，一夜没回家，而且所有的亲戚朋友电话我都打过了，再说他没得挺离奇的，警察同志，都说这失踪最初的一段时间是最宝贵的，求求你帮帮我吧！"王鸣鹃看着这个几乎要掉出眼泪的中年父亲，不由得心软了。她把刘青山所说的话又复核了一遍，把相关的人联系方式都记了下来。让刘青山先回去，她回头就把手里的材料递交给了派出所李所长。

　　整个洛县人口不足三十万，是个小城镇，平时派出所里最大的问题都是谁家的孩子不孝敬老人，谁家的财产分配不均，谁家的老公打老婆。派出所更像是街道居委会。案子一报给李所长，立刻受到了重视。李所长找了几个人稍微分析了一下，比较合理的推断有几个：孩子比较倔，自己半夜甩掉同伴，想吓唬吓唬父亲，不过如果刘青山和杨晓宇的描述属实的话，这个可能性不高，再说大半夜地往庄稼地里跑，成年人也未必敢，何况是孩子。要么就是看门的老头老林有问题，有人说会不会是老林和刘青山有仇，伺机报复，杀人灭口。想到这个答案，大伙不由得都身上一阵冷汗，新中国成立后洛县几乎都没有刑事案件记录。当然还有两个可能：要么杨晓宇在说谎，这孩子背后有不可告人的秘密；要么报案人刘青山在撒谎。不过王鸣鹃刚一说这个，李所长就给否了，他说你大概刑侦剧看多了，刘青山我是认识的，他平时老实巴交，对他儿子好着呢。

李所长最后总结说："咱们兵分两路，所里的骨干人员先去玻璃制品厂周围拉网式搜索，附近的农户都仔细问问，从昨晚到今天早上有没有看到个十几岁的孩子。小王，你跟我去趟玻璃厂，去问问这个老林。"

两个人来到了玻璃制品厂。除了那栋办公楼和厂房还算整洁，厂子的围墙外面已经杂草丛生，两个人拨着半人高的荒草绕着厂房走了一圈，看不出有什么可疑的痕迹，这才返回来从小门进去走向收发室。老林坐在里面，看到来了陌生人，他挥动着手，示意他们不要往里走。王鸣鹃在学校的时候学过简单的哑语，她一边亮出了警官证，一边用哑语说我们是警察局的想找你谈谈。可是老林似乎根本看不懂王鸣鹃的手势，对警官证也视若无睹，只是固执地伸出双手，拦住两个人的去路，一边示意让他们出去。不论王鸣鹃怎么平心静气地交涉，老林就是固执地推两个人出去。王鸣鹃看了李所长一眼，只好把手铐亮了出来，这下老林倒是认识了，不过出乎意料的是，他倒也没怎么挣扎，任凭王鸣鹃把他铐好。

　　李所长给其他警员打电话，说我把老林带回所里问话，你们厂子四周搜完之后把厂子里里外外都搜一遍，尤其是办公楼，还有电梯，里里外外都不要放过。从厂子的小道快到主路了，李所长想了想，让王鸣鹃把老林的手铐松开。他想得周到，派出所还从来没有抓过人，这暂时还只是带老林回去问话，可能交流上有问题，老林也未必是真的不配合，他不想招摇地带着铐手铐的人从县里走过。一件事不出一天足以传遍全县，万一老林是无辜的，以后再怎么证明他清白还是有人会不信。老林倒也乖巧地跟着李所长。

　　到了所里，李所长让王鸣鹃去给老林倒杯水，毕竟老林看起来怎么也是个五六十岁的人，也算自己的长辈了。李所长跟王鸣鹃商量："你再慢慢地给他打一遍手语，看他明白吗？"王鸣鹃又清楚缓慢地做了一遍，老林还是毫无反应。李所长又在老林耳边大声地说了几句，老林依然像个木头人。看到老林的眼睛落在办公室墙上的锦旗上，王鸣鹃突然想到了什么，她赶紧打开日记本，工工整整地写了几个字："你认字吗？"老林低头看了看王鸣鹃的日记本，终于点点头。王鸣鹃一阵欣喜，赶紧继续问："你会写字吗？"老林又点了点头。李所长示意了王鸣鹃一下，王鸣鹃直奔主题："你昨晚十二点左右的时候见过这个孩子吗？"她把刘夏的照片递给老林，老林低头看了一眼，抬起头来看着王鸣鹃，缓慢地摇了摇头。王鸣鹃有些失望，又继续问："那你昨天晚上十二点左右在干什么？"老林抬起头来，从怀里掏出来一支钢笔。那是一支看起来非常精致的笔，不过似乎已经有年头了，而且是一支蘸水钢笔。他用有点颤抖的手想要写字，却写不出。他又抬头看了看王鸣鹃，王鸣鹃赶紧到文件柜里找了一瓶蓝黑墨水，并帮他拧开瓶盖。他写道："打更。"王鸣鹃惊讶于老林的字，完全不像是出自一个门卫老大爷之手，落笔苍劲有力，有棱有角，标准的正楷，倒像是个书法家。

王鸣鹃再看自己歪歪扭扭的问话，倒有些不好意思了，只好硬着头皮继续写："那你有发现什么跟平时不一样的事情吗？"老林继续写："我看到一个孩子，不过他转身就跑了。"王鸣鹃看了看老林又写："你认识他吗？"老林写："好像跟刘技术员家的孩子是同学，以前来过厂子里。"王鸣鹃又写："你只看到他一个人？"老林写："是的。"

李所长又问了些问题，老林都一一作答，从他落笔和回答问题的口气看，完全不像刚开始在厂里见面时那么抗拒不合作，李所长觉得他们可能是误解这个人了。做了必要的问话之后，李所长让王鸣鹃把他送了回去，并且对之前的误会表示歉意，当然也说了厂里刘技术员的孩子丢了，要是有什么消息的话，希望他能合作，可能随后还会有问题要麻烦他之类的。老林都表示愿意合作。

送走老林之后，李所长问王鸣鹃怎么看。王鸣鹃说："他说的话似乎没问题，跟杨晓宇说的话并不矛盾。他也承认见过杨晓宇，还能认出他来，可是没见到刘夏。杨晓宇也没说老林见过刘夏，他进屋那段时间发生了什么，还真不好说。老林每天给厂里打更，各个楼面检查一遍也是合情合理。不过……"李所长说："有什么想法就说。"王鸣鹃说："我个人觉得这个人有点怪。"李所长说："哦？"王鸣鹃说："首先，一个看门的老头能写这么好一手字，我觉得不正常。还有，一般的聋哑人即使听不到或者发不出声音来，也能从喉咙里发出来啊啊的声音。可是从厂里见到他到刚刚送走他，我没听到他嘴里或者喉咙里发出来一点声音，他静得有些吓人。"李所长点了点头，称赞王鸣鹃的洞察力，说等其他搜查厂区的人回来看看有什么消息再说吧。

四个民警花了整整一个下午把厂子里里外外翻了个遍。除了办公楼，厂房空旷，很容易勘察，很多地方已经落了一层厚厚的灰，平时厂里打牌的几个老工人一看有民警来了，都来问是怎么回事，热心地带领他们到处看。李所长给带头的民警打了电话，说老林已经回去了，你稍微注意一下他，另外把门卫室也好好观察观察。民警搜查办公楼的时候，刘青山也在，他手里有钥匙，把两部电梯都锁住，停在了底楼。

到了下午快下班的时候，几个民警回到所里跟李所长报告，不过结果颇为让人沮丧，可以说是一无所获。楼道里没有打斗的痕迹，没有任何污渍血迹。厂房里面除了一些陈年的旧货，基本上一眼就能看到边，大部分窗子都常年锁住，窗台上都落了一层厚厚的灰，根本没有人来过的迹象。甚至有人想到了孩子是不是从八楼的窗子跌落下去，可是窗子上干干净净的，楼下也没有重物跌落的痕迹。老林在整个搜查过程中一声不吭，就安安静静地坐在收发室门口的木椅子上，神色平静。

四个民警忙活了一下午，除了在杨晓宇说的最后看见刘夏的地方拍了些照片，厂区大致拍了些照片之外，一无所获。不少人甚至有些气馁，似乎好不容易有个大案，可是所有的线索就这样被蒸发到空气中了。李所长听了民警的话陷入了沉思，过了一会儿，他问王鸣鹃："你怎么看？"王鸣鹃想了想说："从杨晓宇最后看到刘夏到我们到厂区搜查，也就是几个小时，如果真是发生了恶性事件，就凭老林一个五六十岁的人，刘夏是个十几岁的孩子，他俩还说不定谁输谁赢呢。再说即使老林有所准备，也不会这么轻易地在这么短时间内把现场全部清理得不留一丝痕迹。再退一步说，杨晓宇和刘夏半夜出去玩听起来完全是个偶然事件，是两个十几岁孩子一时兴起，所以老林不可能准备得那么好，能在一个孩子离开的几分钟之内，安静地制服另外一个并藏起来。最后，即使老林有所准备，也应该不会冒着被另外一个孩子看见的危险而行动的，如果那样的话，他不会让杨晓宇平安地回去的。"李所长点了点头："所以你的意思是？"王鸣鹃说："我觉得老林出现在那里可能就是个巧合。现在最大的疑点有两个，一个是要么刘夏自己有所准备，要么杨晓宇在撒谎。"李所长很喜欢这个具有敏锐洞察力的小姑娘。王鸣鹃又继续说："所长，我看要再找杨晓宇谈谈，另外找他们的老师聊聊，看看这两个孩子平时关系到底怎么样，另外再好好找刘青山了解了解情况，看看他有没有什么仇家之类的。又或许……"李所长说："你尽管说。"王鸣鹃说："也许刘夏半夜已经回到了家里，后来的事情都是刘青山杜撰出来的！"说到这里，王鸣鹃自己都觉得有点吓人。李所长说："任何事情都有可能发生。另外，我建议还是不要放松老林，这个人我总是感觉有点不正常。"

刘青山在民警来的那一个下午如坐针毡，他生怕他们发现了什么线索告诉他，比如这里有血迹，那里有搏斗的痕迹，可是又希望他们能给一些儿子到底去哪里了的消息。他在这种极度的焦虑中熬到下班时间，民警走的时候，他急忙问有没有什么发现，民警告诉他现在还不好说，等所里消息吧。刘青山失望地回家了，进小区的时候几个邻居都来问："听说你家刘夏没了？你别担心，你们家那孩子机灵着呢，脾气又倔，估计跟你赌气呢吧，老刘你放宽心。"邻居这些话丝毫没有让刘青山心里有一丝安慰，他疾步上楼，心里懊悔极了。他不住地回想自己最后一次看到儿子是什么时候，好像还是前天晚上，儿子赌气，晚饭都没吃就把房门关上了。第二天自己想跟儿子缓和缓和去买了条鱼，可是儿子就去同学家了，结果今天儿子就不见了。刘青山觉得心里发慌，空空荡荡的。儿子是他的全部，他一个人坐在餐桌旁懊悔地抓着自己的头发，甚至想抽自己两个耳光。不就是个游戏机吗？儿子自制力很强，肯定不会影响学习，要是自己同意给他买了，他也就不会去同学家过夜，也就不会出这种事情。

正在这时，一阵敲门声打断了他的思绪。他隔着门问："是谁？"外面的人说："是刘青山家吗？我是派出所的李所长。"刘青山急忙把门打开，李所长和王鸣鹃听完了所里民警的报告，也顾不得下班，直接就来找刘青山再次了解情况。

李所长说："刘青山同志，你先别太着急，现场的民警没有发现任何可疑的线索，这虽然不是什么好消息，也不算是坏消息，我们来就是想再核实一些问题。"刘青山只好耐着性子把李所长的问题又回答了一遍。李所长试探着问："杨晓宇跟你们家刘夏是好朋友？两个人没有什么矛盾吧？"刘青山说："那孩子我也当儿子一样，跟我们家刘夏从穿开裆裤的时候就在一起玩儿，平时也来我家住，我儿子也去他家住，一点都不见外。"李所长记下了，王鸣鹃推开了刘夏的房门，问刘青山："我可以看看他的房间吗？"刘青山点了点头。王鸣鹃简单看了看，屋里墙上挂着几幅明星照片，一些课外书和课本放得整整齐齐，暑假作业放在最上面，看样子已经全部做完了。她忽然注意到床头放的一张照片，看样子是刘夏刚满月时，两位老人坐在前排，年轻的刘青山和一个女性站在后排抱着孩子。

王鸣鹃从刘夏房间出来后问刘青山："孩子的妈妈呢？"刘青山脸上流露出痛苦的表情，低着头说："我们离婚很久了。"王鸣鹃问："会不会孩子跑到妈妈那里去了？"刘青山说："刘夏平时从来不去，我也已经打过电话问过了，美萍，哦，就是我前妻，她说没在她那里。"王鸣鹃觉得挺不好意思的，提到人家痛处，可是出于职责又不得不继续："那，我看到照片上有两个老人，是孩子的爷爷奶奶？"刘青山点点头。王鸣鹃问："他们也在县里？"刘青山说："我妈还在县里住。"王鸣鹃还想继续问，刘青山忽然变得有些焦躁："民警同志，这些跟我孩子不见了有关系吗？"李所长用眼神示意了一下王鸣鹃不要再问了，他起身跟刘青山说："我们今天先回去了，不打扰你休息。我们也明白你的心情，你自己再好好想想，要是想起来任何你认为有用的线索都抓紧跟我们说，可能都会有帮助。我们一有消息就会通知你的。"

李所长和小王直接回到所里，几个去调查杨晓宇的民警也陆续回来了。县城不大，几个民警骑着车子很快就走访了杨晓宇，还有他们班主任老师家里，以及几个平时一起玩的孩子家里。杨晓宇说的话跟上次说的基本一致，而且露出十分关切的神情，问警察叔叔刘夏找到了没有。杨建军也比较着急，看样子确实是发自内心想快点把孩子找回来。再次走访后，大家还是没有任何头绪，众人都比较沮丧，李所长看看表已经晚上八点了，跟大伙说先回去吧，有什么事情明天再继续。

王鸣鹃拖着疲惫的身体回到家，父母都在饭桌旁等着她。母亲关切地说："小鹃，你怎么这么晚才回来？"王鸣鹃兴奋地说："今天有个大案，你知道咱们县的那个玻璃厂吗？就是北边出环城路不远的地方，昨天半夜有个孩子失踪了。"王鸣鹃母亲没在意，说："那厂子听说不景气，都好久没啥活了，以前你远房有个表哥在里面当工人，后来发不出工资，早走了。"王鸣鹃自言自语："说也奇怪，可能是那孩子自己跟爸妈闹矛盾跑了，可是总觉得哪里不对劲儿，整个事情都怪怪的。那孩子他爸是厂里唯一的技术员。"正在低头看报纸的王鸣鹃的父亲听到这话，把报纸放下，从老花镜上方看了看女儿，他问了一句："那技术员叫什么名字？"

"好像是叫刘青山，怎么？爸，你认识？"

第三章　回忆

≡
≡
≡

自己的记忆中父亲的样貌已经越来越模糊，

只能依稀记得孩童时候父亲拿着玻璃镜子反光照在墙上，

他努力蹦着去触碰墙上的影子的片段。

≡
≡
≡

王鸣鹃的父亲叫王国强，今年已经五十几岁，刚刚退休下来。他原来是洛县派出所所长，女儿从小耳濡目染，喜欢带着大盖帽的警察，死活要读警校，王国强怎么拦也拦不住。女儿毕业分回原籍洛县派出所，他年纪大了，也为了避嫌，索性提前退休，颐养天年。

　　说到刘青山，王国强想起了自己刚当上警察那会儿碰到的一件离奇的事情。那是十五年前，玻璃厂正是风风光光的时候，厂里骨干就是刘青山的父亲刘永住。那时候厂子效益特别好，谁家的孩子要是能进玻璃厂那都得放鞭炮庆祝。刘永住是"文化大革命"前就读过书的，本来就是技术骨干，一直没有放弃钻研。"文化大革命"一结束马上被聘回厂，还得了县里的劳动模范，树立了典型，被认为是板上钉钉的下一任厂长。他还拉来了资金盖起了县里唯一的一栋带电梯的办公楼，被县长接见，风光无限，甚至压过了当时的厂长。

可是就在刘永住最风光的时候，也是一个夜晚，他突然离奇地从厂里失踪了。传得最厉害的一个版本就是，刘永住风光之后生活作风出现了问题，竟然跟厂长的女人搞到了一起，后来两个人一起跑了。厂长也好像因此受了打击得了重病，不知下落。也就是从那时候起，玻璃厂开始走下坡路。

这件事情最后报给了派出所，但那时候刘永住的疑似生活作风问题已经满城风雨，不少本来对刘永住眼红的人正好义愤填膺，落井下石。刘永住失踪这件事情差点没让人给当成是畏罪潜逃，最后勉强定为失踪。这件事情给王国强留下了深刻的印象，因为这个悬案最后不了了之。县政府觉得刚刚颁布的劳动模范居然出现这样的事情，真是有种搬起石头砸自己的脚的感觉，所以极力封锁消息。不论刘永住的妻子怎么找派出所，王国强当时记得，领导已经吩咐下来，刘永住的妻子来找，大家都默不作声，就说还在调查中，最后这桩失踪案就成了一宗悬案。大概所有的人都觉得刘永住不再出现对大家来说就是最好的结局。

　　如今女儿说刘青山的儿子也在办公楼里失踪了，这不禁让王国强有些疑虑。当年的案子就已经让自己内心不安了，全所的人都跟刘永住的妻子说去找，可是实际上是找过一阵，没有找到，就再也没有人去找了。作为警察来说他有点对不起自己的良心，可是又没办法抗拒上级的命令。这些年他对工作尽职尽责，唯有这件事情让他自己有些惴惴不安。

　　王国强前思后想了一会儿，决定还是把自己知道的事情告诉女儿。这是女儿的第一个案子，他想也许会派上用场，或许，也能帮他解开这么多年心里的一个结。

　　王鸣鹃听爸爸把故事讲完，下巴差点没掉到地上："老爸，你怎么以前从来没说过呢？都可以写小说了。哎，对了，你说这个爷爷十五年前失踪，现在孙子又没了，两件事情会不会有什么联系？"王国强疑惑地摇摇头："不知道。当时对这个案子不重视，外加技术条件又不好，几乎都没留下什么证据。我只记得当初来报案的人说，他们第二天要赶工，有几个技术问题需要研究。刘永住是骨干，秦怡是当时厂里主管车间生产的人，也是厂长的爱人，自然都要留下。到了十点多人们都陆续走了，就剩他们俩了，可是直到第二天早上两个人都没下楼。本来大半夜的剩下一男一女就够人风言风语了，这回俩人都没了，一定是私奔了。厂里都没人来报案，就是刘永住的媳妇来了，大伙都当笑话呢，幸灾乐祸地说你确认他失踪了吗？县里的旅馆你都找过了吗？"王国强叹了口气，"那时候我不懂事，现在想想有些渎职啊。"王鸣鹃若有所思，她好奇地问："秦怡的家人没来报案吗？"王国强说："她是厂长的妻子，大概厂长也听到风言风语了，那么大的一个厂长，县里的风云人物，当时县长都要让他三分，他大概也不好意思来，指着刘永住家报了案，反正俩人是一起失踪的，要找总是一起找回来吧。"王鸣鹃说："谢谢爸爸了，你这个消息没准还能用上，我明天去所里查查，也许能查到些什么呢！"

送走李所长和王鸣鹃，刘青山麻木地站在儿子的房间门口，仿佛看到儿子坐在桌子旁边温习功课的样子，或者躺在床上拿着书本睡着了，他走过去轻轻地给孩子盖被子。可如今这个房间空空荡荡的，他已经默认是孩子生自己的气，所以才离家出走的，如今所有的怒火都迁到了自己的头上，他苦恼地揪着自己的头发。

刚才王鸣鹃的问话，也勾起了他一些不愉快的回忆。在他的家里，他和父亲的关系有些微妙，当年要不是父亲的作风问题，他本可以有个更加光明的未来，甚至当上厂长都有可能。父亲出事之后，他觉得所有的人似乎都在对他指指点点，即便人们对他微笑，似乎也都成了讪笑。母亲执着地寻找着父亲，这让母子两人反目成仇。母亲坚决相信父亲是无辜的，都是外面的人在造谣。刘青山年轻气盛，一把火几乎把父亲留下的所有东西都烧了，说从此再没有这个爸爸。母亲含着眼泪说，你若是不认你爸爸，也别认我了。刘青山一气之下出门，发誓不回这个家。他本是个有些倔强，要求完美的人，这一下打击，让他突然觉得人生黯淡，自己怎么这么倒霉，碰到这样一个家庭。这些苦恼伴随了他十几年，无论走到哪里，他都觉得似乎自己身上贴着一张标签，上面写着："我爸爸跟人家私奔了，连我这个儿子也不要了。"

几年后，儿子渐渐长大，刘青山渐渐体会到了做父亲的不易。流言渐渐散去，厂里的面孔渐渐都换了，也越来越少的人知道他的过去，他似乎从过去的阴影中解脱了出来。当年一下子把父亲所有的东西都烧掉了，这让他开始有些懊悔，开始渐渐相信母亲，也许父亲真的不是生活作风问题。可是当他开始回忆父亲的时候，却发现自己记忆中父亲的样貌已经越来越模糊，只能依稀记得孩童时候父亲拿着玻璃镜子反光照在墙上，他努力蹦着去触碰墙上的影子的片段。他恨自己当时太冲动，唯一剩下的父亲的影像就是当时保存在厂里的那张照片，他后来要来放在自己的办公室，用这张照片回忆父亲的容颜。他现在不愿意提及父亲更多的是因为内心的愧疚，如果当时作为最亲的人他能支持母亲一路走下来，不怕别人的目光，也许可以把父亲找回来。

也是这件事让他决定他必须做个好父亲，不能再让儿子把自己的辛酸重新经历一遍。可是似乎造物弄人，他不但父亲不见了，现在儿子也不见了。他越来越觉得自己似乎被诅咒了一样，处处被动，似乎一切都是命运的安排。是不是上辈子做了什么错事，老天要好好地惩罚他一下，他一个四十岁的男人竟然忍不住泪流满面。

第二天早上，靠在沙发上睡了一夜的刘青山被闹钟吵醒，他像往常一样急匆匆地出门想要到楼下买东西，开门的瞬间才意识到儿子已经不在家了。泪水一下子又涌了出来。但既然已经穿好鞋子了，他就索性出门吧，他琢磨着，得给孩子买个游戏机，孩子说不定在什么地方偷偷看着他呢。买了游戏机，孩子肯定就忍不住跑出来了。他上楼连饭也没吃，把油条扔在桌子上转身就又下了楼，冲到县里卖游戏机的地方。才八点刚过，商店还没开门，他就坐在门口等着。人家一开门，他头一个进屋就说："小伙子，给我儿子买个游戏机，你给挑挑，要好点的。"那个店员还头一次看到有人这么爽快，挑了一个比较贵的，刘青山二话没说，掏出来两百块钱，扔在柜台上抱着游戏机就跑，店员在背后喊他："还没找你钱呢！"刘青山只想快点回家。

到了家，刘青山给杨晓宇家打电话，跟杨晓宇说："晓宇啊，来叔叔家玩，叔叔买了游戏机，你跟刘夏一起玩。"杨晓宇问："叔叔，刘夏找到了吗？"刘青山像是跟自己说又像是跟杨晓宇说："对啊，刘夏找到了吗？他肯定躲着呢，你来呀，你来他肯定就回来了。"杨建军接过电话：
"刘老师，刘夏回来了？"刘青山茫茫然地说："当然了，
他肯定会回来的，他跟我怄气呢，我刚买了游戏机给他。"
杨建军听刘青山有点不对，就问："刘老师，你……你还好
吧？"刘青山把电话挂了，自言自语地说："好，我好着
呢，我有什么不好，我爸丢了，我儿子丢了，我媳妇跟人跑
了，我妈不理我了，我还能有什么不好？"

　　王鸣鹃到了所里，把父亲讲的事情跟李所长交换了一
下。李所长虽然年纪不大，可是他挠挠脑袋，想了想说：
"我刚调来的时候帮着所里审阅以前的陈案，好像是有这么
回事，不过没留意。所里搬过几次家，不知道还能不能找到
当时的资料了。"王鸣鹃自告奋勇地去找。其实偌大的资料
室没有多少资料，王鸣鹃失望地发现，所有的资料都是1985
年以后的，十年以内的或许能找到，十年前的任何案件记录
都没有了。李所长安慰王鸣鹃："这点挫折算什么，也许这
就是纯粹的巧合，也许这根本就不是个线索。继续努力。对
了，你上次不是说老林还是有点奇怪吗？有什么别的发现
吗？"王鸣鹃摇摇头："盯了他几天，他就住在厂里，几天
都没离开过。还是跟平时一样，也许就是个怪老头。"
　　回到家里，王鸣鹃有些闷闷不乐，王国强问她："你的
案子有什么进展没有？"王鸣鹃沮丧地说："以为所里会有

些老的记录，结果都没了，什么参考资料也没有。"王国强摇摇头："谁能指望还要翻十几年前的案子了？"王鸣鹃突然想到老林，她问："爸，你对玻璃厂的看门老头老林有印象吗？当时他在哪里？"王国强又是摇摇头："有人报案后，所里把当晚厂里的人都叫来问过，那时候看门的是个年轻人，也就二三十岁的样子，他说他一晚上没合眼，没看见人出去。"王鸣鹃失望地摇摇头："那个老林看上去怎么也有五十几岁了，十几年前就算再年轻也不至于看上去二三十岁的样子。"

王鸣鹃双手托着下巴，呆呆地望着窗外。看着远处郊外零星的灯火，她自己也不知道这个案子她到底能不能破。忽然一个想法蹦了出来，她自言自语地说："这两件事情都发生在半夜，而且都发生在同一个地方，我也应该半夜去看看那个地方。"王鸣鹃不想让爸妈担心，她看了看表，已经九点多，爸妈应该已经入睡，她带上手电筒，轻手轻脚地下了楼，跨上自行车直奔县郊。

下了主道之后她才有点害怕，毕竟一个大姑娘走夜路，两旁视野也不好，她心里直打鼓，生怕从庄稼地里突然窜出来一个什么东西。想回去吧，可是另外一个声音又在鼓励自己，这是工作，要想知道真相，必须要付出别人不能做到的努力。寂静的厂门口，只听到风声和偶尔的蛙鸣虫叫，四周都是密密的庄稼，仿佛这是个与世隔绝的地方，只有远处县城里的灯火还提醒着她这里离家不算太远。厂门口挂着一盏略有些摇曳的灯，风吹来时，轻微地晃动，映得地上的黑影忽闪忽闪地跳动，有点瘆人。她想光明正大地进去，可是现在是半夜，怎么也不能算光明正大，就算"黑暗正大"地进去吧。她敲了敲门卫室的窗子，可是半天也没人应。小门用锁链挂着，锁头没上锁，她把锁头转个方向，撩开锁链，低头侧身挤了进去。

　　她看着顶楼八楼似乎有些微弱的灯光，进了大楼，正门也没锁，她也想用电梯，不过犹豫了一下，觉得还是走楼梯比较容易控制节奏。她穿的是一双胶底凉鞋，走起路来虽然声音不大，可是在这寂静的夜里还是显得异常刺耳，她就脱掉鞋子，光着脚开始爬楼梯。她没敢开手电筒，就只在黑暗中借着楼道窗子透进来的微弱光线，摸索着向上爬，黑暗中只听到自己的呼吸声，一直没停地爬到八楼。楼梯间和走廊间有扇门，她实在有些累了，用手支撑着门，稍微喘口气。

　　没想到那扇门是向里开的，而且是虚掩着的，被她这么一靠，"呼啦"一下就开了。王鸣鹃也是始料不及，一下子摔倒在走廊地上，门撞到后面的墙壁发出了"咚"的一声，那声音沿着楼梯向下传，回音不绝。王鸣鹃懊恼地想，完了，我怎么这么不小心，早知道还不如坐电梯了，这么小心翼翼地爬了八层楼，最后一下子全部"敌人"都知道我的方位了。

王鸣鹃的脚被崴了一下，她觉得有点疼，刚要扶着墙壁站起来，忽然被眼前的情形吓得叫出声来。她看见老林——从背影看是老林，正坐在走廊中间，走廊两侧刚好是两部电梯面对面。两部电梯的门都开着，从里面发出来幽幽的白光，洒在老林脚下，他就那么背对着王鸣鹃，向着楼道的深处坐着。两部电梯看样子都是被锁住了。王鸣鹃觉得自己在楼下看到的八楼的灯光大概就是这儿吧。

　　看到这诡异的场景，她的心差点从嗓子眼儿里蹦出来，觉得自己的汗毛都一根根竖了起来。她觉得老林正在完成一个什么仪式，她担心老林此刻要是慢慢地转过头来，眼睛里流着鲜血，伸出长长的舌头，她估计要从八楼直接跳下去了。另一个声音又告诉她："我是一个坚定的唯物主义者，一切事物均有存在的道理，不相信所谓的牛鬼蛇神！"她冷静下来才记起来，老林是个聋哑人，否则自己刚才那声响动，他应该早就听见了。想到这里她稍微松了口气，不过还是轻轻地挪着脚步，退到了门外面，又把门轻轻地带上，只留一条小缝，让她可以看到老林的背影。她的脚疼痛不已，只好坐在地上，背靠着墙，眼睛顺着那条缝死死地盯着老林。她也做好了一切准备，老林要是真起身来害她，她就用手里的手电筒敲他的头。跑是跑不了了，她的脚踝钻心地疼痛。

　　时间一分一秒地过去，老林就那么一动不动地坐着，除了偶尔低头看看手表，好像是在等什么人，要不然就是那么直直地坐着。王鸣鹃很好奇他的表情到底是什么样的，或者他在看什么。他不无聊吗？几个小时过去了，王鸣鹃困意袭来，竟然靠在墙上睡着了。

早上，王鸣鹃被一阵嘈杂的脚步声吵醒，睁开眼睛一看，一堆人围在自己身边，李所长带着几个干警站在她身边，老林也一声不响地在旁边站着，还有自己的爸妈。王鸣鹃坐在地上有点不好意思："小王，你怎么跑到这里来了？"李所长严厉地问。"对不起，所长，我就是一时想起来这几件事情都是半夜发生的，所以我想半夜来看看。"李所长又说："别看老所长也在，我还是要说你，你这样做有点过了，就算是执行任务，也要跟我们汇报。你这样太危险了，要不是老林及时来报告，我们都急疯了，以为这么几天就又失踪了一个人呢。"王鸣鹃有些抱歉地看着所长，又看到差点急哭了的妈妈，她觉得有些过意不去。刚想起身走，她却脚底一软，差点摔倒。母亲急忙问："你怎么了？"王鸣鹃说："没事，我就是脚崴了一下。"

回去的路上，王鸣鹃问是怎么回事，李所长说："老所长和你妈妈凌晨就跑到派出所报案，说女儿一宿没在家，不知道哪里去了，我接到电话吓得一身冷汗，赶紧到所里，正问情况呢，老林就来了，写给我一个条子。喏，你看看。"王鸣鹃接过纸条，上面写着："厂里办公楼里躺着一个女同志，请警察同志过来帮忙。"王鸣鹃说："他怎么不叫醒我啊？"李所长说："你呀，太鲁莽了，他的意思是让我们都知道，你这大半夜的又没有搜查令，你这算是私闯民宅。虽然不是民宅是企业，可是也不能用这种手段。他是打更的，就是为了保护厂子，防止陌生人进来，要是把你当坏人，说你来偷东西，你满身是嘴都说不清。"王鸣鹍吐了吐舌头："这个老林太怪了，大半夜的坐在走廊中间。"李所长摇了摇头："这是人家的厂子，只要人家不犯法，做什么你都管不着。这个案子你先别管了，你赶紧去医院看看脚，拍个片子在家休息几天吧。"王鸣鹍还要争辩，不过脚疼得厉害，只好先忍住不说。

梁淑珍敲开儿子的家门，她简直不敢相信，儿子竟然憔悴得这么厉害。她也没有多说话，走进厨房，桌子上放着四根油条，有两根已经发霉。梁淑珍嘴里叨咕着："买了不吃浪费。"随手扔掉了两根，剩下两根，她放在鼻子前闻了闻觉得还好，犹豫了一下，转身对躺在沙发上的儿子说："这是早上买的？当午饭吃了吧。"儿子刘青山似乎也没什么心情搭话，躺在沙发上直直地望着沙发桌上还没拆封的游戏机。

梁淑珍把屋子里里外外打扫了一遍，回头坐在刘青山旁边，像是跟刘青山说，也像是跟自己说："人没了，可是我就不信，活不见人死不见尸，没了总得有一个说法。你儿子才没几天，你爸没了十几年，我依然相信他有一天还得回到我面前。现在你儿子没了，我也不想再失去我儿子。"刘青山好多年没有听到母亲说话了，也没有跟母亲这么坐在一起了，他突然像个孩子一样，坐起来，一把搂住母亲，号啕大哭起来，一边哭一边说："妈，你说我怎么这么不小心，这么大的一个孩子让我弄丢了，我要是早给他买个游戏机不就好了吗？"梁淑珍轻轻地拍着儿子的后背。她已经六十多了，一头的白发，不过人依然精神矍铄，丈夫走了这么多年，依然没有把她击垮。她说："儿子，你得振作点儿，说不定你爸和你儿子一起回来呢。你别让人笑话了，你得该怎么活怎么活，不能让人家瞧不起。"刘青山又说："怎么我爱的人都一个个离开我了呢？我爸那么早就走了，吴美萍我对她那么好，也离开我了，我儿子是我唯一的希望，也离开我了。"梁淑珍听他哭诉着说父亲是他爱的人，不禁心头一暖。她等儿子对父亲的态度转变已经等了十几年，妈妈哪有记儿子仇的，可她不能原谅自己的儿子不尊重他的父亲。她看着趴在怀里哭泣的刘青山，心里一阵酸楚。

梁淑珍说："你好几天没吃饭了吧，我看你厨房里有粥，我给你热热，你把油条吃了吧。"刘青山什么都不想吃，他觉得油条有点恶心，脑子里莫名其妙地出现一个想法："我并不爱吃油条，我为啥每天早上都去买油条？"他问梁淑珍："妈，我什么时候开始喜欢吃油条的？"梁淑珍说："你啊，天生就是个馋鬼，那时候你还小，你爸从省城带回来一根，咱们县里没有，把你香得不行了，流着口水说，我要是每天都能吃到油条该多好。看看，你现在每天想吃就能吃。"刘青山皱着眉头说："妈，我怎么觉得我一点都不爱吃油条呢。"梁淑珍说："也许你刚开始爱吃，后来吃多了，就不爱吃了。不过可能还是习惯性去买吧，人哪，都说习惯决定性格，性格决定命运，你爱吃啥不爱吃啥，也许早就定好了，也许咱们娘儿俩的命早就定好了，我丈夫莫名其妙地走了，现在大孙子也不知道跑哪里去了。"说着眼眶有点红。

刘青山摇了摇头："妈，你别上纲上线。我说的是真的，我觉得我根本不爱吃油条，我以前也觉得我不爱吃，可我不知道为啥要买，我是不是精神出毛病了？"梁淑珍疼爱地看着刘青山说："我知道你压力大，这些天又没休息好，人压力大的时候总会跟平时不一样。这段时间妈就住在你这里照顾你吧。"

刘青山不知道自己多久没下楼了，晚饭后梁淑珍拉着他说："青山啊，下楼出去转转。"刘青山说："妈，咱家出了这么大的事情，我哪有心情出去？"梁淑珍说："生活越要你弯腰，你越要把腰板挺直！"她扎起自己的头发，显得更加利落，不由分说地拉着刘青山下楼。刘青山万般无奈，只好趿拉着拖鞋不情愿地下去了。这段时间，刘青山觉得似乎自己几十年来的习惯都突然之间土崩瓦解。他本来是个似乎有强迫症的人，任何看不顺眼的东西都要去整理过来，生活井井有条，一丝不苟。如今自己这么邋里邋遢竟然也没觉得怎样，以前看不顺眼的东西，比如厨房里的剩饭，现在居然熟视无睹，怎样都懒得去收拾一下。

太阳正要下山，微微起了点凉风，吹在人身上很是惬意。黑夜正从另外一个方向急匆匆地赶来，准备吞噬整个世界。梁淑珍的腰板挺直，背对着模糊的夕阳，坚定地朝前走。虚弱的刘青山几乎跟不上母亲的步伐。母亲一边走一边跟儿子说："有了伤口，你捂着盖着，越怕别人看见，越是不容易好。其实你盖着别人也知道你受伤了，还得装作不知道你受伤了，大家都难受。你索性把伤口上的布拿开，见见风，好得快，别人问了，你也别怕，这样伤口才容易尽快结疤，疼痛才少了。否则真有一天要好了，你撕开纱布，又是免不了一阵撕心裂肺的疼。"刘青山觉得母亲有些陌生。的确，已经十几年没有生活在一起了，他眼中的母亲突然有些高大起来。当一个人在你眼中高大起来，她说的话才开始真正地有分量。

刘青山突然问母亲："妈，我爸失踪后，你有没有再看到过他？"梁淑珍有点莫名其妙："失踪了，我还怎么看见他？做梦？难道他托梦给我，你糊涂了吧，亏你还是个技术员，还是个唯物主义者！"刘青山挠挠头说："也许我真的看错了？"梁淑珍问："你看到刘夏了？"刘青山说："我也记不得了，那时候我迷迷糊糊，电视机正开着，我从电视机的倒影里看到好像他就坐在我旁边，可是转头看我身边又没人。"梁淑珍摸摸刘青山的额头："儿子啊，你是不是急糊涂了？要不你去看看医生吧。你这压力肯定是太大了，唉，不瞒你说，我现在还时常梦到你父亲，还是年轻时候那个样子。可惜再也回不去了。我觉得这都是你自己的潜意识在作怪，我要是白天累了，晚上就不会做梦，所以为了避免自己胡思乱想，我就白天拼命干活，晚上倒头就睡，省得做梦。"

第四章　命运

≡
≡
≡

他看着这间昔日辉煌无比的厂子，

记起来自己那时候被分到公安局很不愿意，

也想来玻璃厂当工人来着。

真是三十年河东，三十年河西。

≡
≡
≡

刘青山觉得母亲说的话似乎有道理，可是又好像不是那么回事。他对母亲的所谓"习惯–性格–命运"理论半信半疑，总觉得所谓命运这个东西有些玄乎。比如，我每天都从一条路走，突然有一天我突发奇想，不想走这条路了。那么算是命运让我不走这条路，还是我打破了命运？或许是命运让我突发奇想？

　　梁淑珍告诉刘青山，你不能在家里待着，必须去上班，哪怕什么也不干，也好恢复原来的样子，跟什么都没发生过一样。刘青山同意，他也不愿意整天在家听母亲说教，另外他急着想知道公安局是不是有消息了。

第二天早上，刘青山想验证一下自己的想法。他出门的时候想，既然不怎么喜欢吃油条，我今天就不买了。然而路过油条摊贩的时候，他还是忍不住向那个小伙子看了一眼，没等他说话，他已经看见小伙子麻利地拣出来两根油条，用油纸包好，直直地伸出手递给他。他挣扎了很久，小伙子脸上居然一点异样都没有，就那么等着他。他好像为了跟这两根油条做斗争，几乎气都喘不过来，最后还是把钱掏出来递给了小伙子。他突然觉得心里一阵轻松，仿佛这就是他几十年一直应该做的，命运让他做的事情。

平常这时候，刘青山应该去单位，可是今天他心里惦记着儿子，想去派出所问问情况。走到两条路的分岔口，他停住了，他有些犹豫，到底该去单位呢还是去派出所呢？一个声音说："我得去上班，每天都去，今天也不例外！"另一个声音说："儿子丢了，得先去派出所问问，什么事情都没有这件事情重要！"仿佛有两个人在身体里拉扯着自己，他竟然就在原地站了半个小时。

"刘老师，站在这里干吗呢？"刘青山一回头，看见杨建军从背后经过："我在想是去上班还是去派出所问问我儿子找到了没有。"杨建军一愣，那天打电话的时候就觉得刘青山可能有点不正常，但他理解儿子丢了这件事情对父母来说简直就是天塌下来了，发生什么都不为过，便好言相劝："刘老师，你去单位吧，现在小王还没上班。再说，我昨天下班刚去过，刘夏走丢了，我跟你一样着急，警察跟我说他们在全力找呢，你别急。"听了杨建军的话，刘青山心里一下子轻松了很多，仿佛两股挣扎的力量一下子偏向了一边。他轻轻松松地迈开步子，头也不回地走了，留下杨建军莫名其妙地愣了许久。

　　刘青山像往常一样路过门卫室，老林也像往常一样坐在门卫室，就像什么都没发生过一样。没有任何交流，可是刘青山总觉得老林在背后看着自己，他甚至想象得出，老林僵硬的身体一点点转向自己，然后脸上露出僵硬的笑。与其说是笑，不如说是简单的肌肉堆砌，拼成了一个好像笑容的脸型而已。他踏进楼梯，脑子里奇怪的想法又冒了出来：我有的时候走楼梯，有的时候坐电梯，到底我想走楼梯还是坐电梯？他想了许久，觉得自己从理性的角度来说，应该去坐电梯，因为自己膝盖不好，并且自己也不缺乏锻炼。他想坐电梯应该是"命运"让他去做的事，那他偏要去走楼梯试试。

　　他挣扎着让自己向楼梯方向走去，突然背后有人叫他："小刘，你怎么还来上班啊？"他回头一看，是平时经常领着一帮子人在厂房里打扑克的工人老顾，已经五十多岁的年纪了。他叫住刘青山，问长问短了好一阵子。刘青山平时跟他没什么交集，急着要走，老顾说："小刘，你别急，我有点事情要求你。"刘青山比较烦这种平时不搭腔，只有求人的时候才临时抱佛脚的人，不过都是同厂的人，也不好说什么，就问："有什么事情？"老顾看了看左右，说咱们上楼去说吧。刘青山没办法，就继续朝楼梯走。老顾叫住他说："小刘，你可真是，有电梯不坐，我这腿脚不行，爬不了楼梯了，你照顾照顾我。"刘青山一看没办法，心里嘀咕着："我又输给命运了。"

到了办公室，老顾让刘青山坐好，才说："小刘啊，你看哈，咱们厂房里有一批玻璃，前几年生产剩下来的，堆在那儿好几年了，我正好有个亲戚搞工程需要一批玻璃镜，你看是不是能便宜点批给他？"刘青山说："老顾啊，这事情你也知道，厂里的单子都是厂长说了算，我说不上话。"老顾说："你不要谦虚，谁不知道咱们厂除了厂长就是你，再说了，厂长都多久没露面了，他能关心这个？再说他也信你，你帮帮忙，我这也是为厂子好，你想想那玻璃堆在那里也是堆着，多少卖点钱，是不是也利用资源？电视里都这么说的。"刘青山想了想说："这样吧，我给厂长打个电话，成不成我不知道，到时候我问问他价格再告诉你。"老顾赶忙说："小刘，我就说你这个人最好，最能办事，没有架子。你放心，你吉人自有天相，你儿子一定能找回来的。小刘，那我就拜托你了。"刘青山很厌恶他把这件事又提了起来。

想想也没事，索性就给厂长打了个电话。他一听，厂长那边正在稀里哗啦地搓麻将："小刘啊，你好好休息。你家里的事情我都听说了，我在外地回不去，厂里的事情你看你还操心，厂里就需要你这样有主人翁精神的人啊。那批玻璃就按市场价给吧，咱们不能走人情账，那批玻璃我知道的，质量都是上好的，少卖一分钱，那都是国家的损失，你说是不是？不过具体情况具体分析，不行的话你让老顾直接来找我谈。"

刘青山明白这里面的猫腻儿。厂长便宜不便宜都是无所谓，要是买家能给点回扣，他肯定乐不得的，现在厂子已经在破产边缘，谁都想最后捞一把。刘青山刚要挂电话，厂长又说："对了，卫生局的局长办公室缺两面镜子，我都答应他了，你去厂房里面挑两面好的，找个人给他送过去吧。"刘青山说没问题。

刘青山去厂房里面挑了两面镜子，忽然想起来老林的门卫室一面镜子也没有这件事。老林去过派出所，他能写字这件事大伙都知道了，他也知道怎么跟老林交流了，他想了想，写了张纸条："老林，厂长告诉我，卫生局局长需要两面镜子，我有事没法送过去，你能帮忙送过去吗？厂长很着急，需要马上送过去。"两面镜子不大，他用泡沫包好边框，带着纸条，送到门卫室。他知道老林有辆三轮车，他的意思就是让老林把东西给送过去。

老林看到刘青山拿着两面镜子冲他走过来，竟然有些惊慌。刘青山把镜子放在屋外，敲了敲老林的门，把纸条递给他。他并没有走，等着老林。老林犹豫了一会儿，起身出来，从门卫室后面推出来一辆人力三轮车。刘青山帮着他抬时注意到老林似乎一直刻意地不去看镜面。刘青山觉得奇怪，他从镜面里看到老林一副惊恐的样子，仿佛看到了什么可怕的东西，可是他看看镜子里面，又转头看看天，看看周围，没发现什么异样。

老林慢腾腾地爬上三轮车，缓缓地骑，不一会儿转了个弯就离开了刘青山的视线。刘青山从包里掏出来一面小镜子，进了门卫室，挂在面对窗户的墙上。他想验证一下自己的想法，老林为什么怕镜子，或者怕照镜子。

刘青山已经几天没进自己的办公室了，一切都还是他熟悉的样子，他依旧站在窗子边等着看远处自家窗子的反光，不过他知道那是母亲在收拾东西，开窗通风。对着那面黄框镜子的时候，刘青山惊讶地发现，镜子里自己背后的相框又倒了，他揉揉眼睛，相框还是倒着的。他猛然间转过身去，发现那相框明明是站着的，父亲正一手握着县领导的手，一面把头扭向自己。

他有点抓狂，索性想把相框仰面朝天放倒，然而就在拿起相框的时候，他忽然注意到了父亲身后的一群人，似乎有个人，站在父亲身边，让他觉得特别眼熟。这幅图片的百分之六十都是握手和背后的奖状，父亲的正脸、县长的侧脸，剩下的人只是陪衬。那人在整个构图中并不值得注意，他站在父亲的斜后方，如果县长是一个个握手握过来的话，那么大概下一个就是他了。他在相片上只露出了一半的脸，灰色的头发，洗旧了的中山装，胸前别了一支钢笔。

刘青山对自己的情绪很没有把握，他想了许久也想不起来这人他在哪里见过，就把相框放在自己的办公桌上面。他想换个地方，不想再看到镜子里相框倒了这种事情。他不知道是自己的问题还是镜子的问题，他觉得自己已经被儿子的事情搞得心烦意乱，似乎所有的牛鬼蛇神都开始跟着上门来找自己的麻烦。

没过多久，卫生局局长打来电话，说谢谢了，看样子老林已经把东西送到，又安慰了刘青山几句，说不要着急，儿子肯定能找到的。看来小小县城，稍微有点风吹草动，所有的人都知道了。刘青山无奈地摇了摇头。下班的时候路过老林的收发室，他特意看了一眼，老林诡异地看着他，脸色有些阴沉。透过窗子，他发现自己挂在墙上的那面镜子已经不在了。这并不出乎他的意料。出了厂门没多远，他在路边看到了摔得粉碎的镜子。他想想，这似乎也不能证明什么，就像有些人毁了容，再也不想照镜子的怪癖之类的。可是既然不愿意照镜子，为什么还赖在玻璃厂不走？这里到处是镜子、玻璃之类的反光的东西。他想不通。

走到回家或去派出所的路口，他又一次跟"命运"做起了斗争，这次他毫不犹豫地走向派出所，他太想知道是不是有儿子的下落了。不过王鸣鹃没来上班。他对这个小姑娘有好印象，觉得她挺负责，却被告知她休病假了，脚踝受伤要休养好一段时间才能来。值班民警也知道他儿子不见了这件事，好言相劝，说他们已经把他儿子失踪这件事情报告给了上级，现在全省都知道，只要有人看到他儿子一定会报告的。不管怎么安慰，刘青山就知道一件事，那就是儿子还是没有消息，只好失望地回家。

刘青山不是个性格张扬的人，有些闷，有些话能不说就不说。可是儿子失踪了这件事反而让他稍微坚强了起来，他决定好好地继续寻找儿子，不能放弃。他觉得别的什么事情都可以听从命运的安排，而找儿子这件事情，他必须坚持自己的路，走下去。他仿佛有生以来第一次清晰地知道自己想要什么，想做什么。

刘青山一个人生活惯了，一直是自己顶天立地，如今回到家里，突然有了母亲，虽然她已经苍老，头发花白，可是在刘青山眼里，她竟然如此坚毅，不可动摇，他仿佛又找到了依靠。他打起精神，告诉自己，虽然今天没有儿子的消息，也许明天就有好消息了。

李所长拿着一兜子的水果来看王鸣鹃，其实，他也是看在王鸣鹃的父亲曾是自己上司的面子上才来的。

王国强说："李所长，你那么忙怎么还亲自来？"李所长笑着说："老所长，我再忙也得来看你这个宝贝女儿，她是在我手下受伤的，我怕你怪罪我，所以来负荆请罪啊！"王鸣鹃一连躺了几天，早就憋不住了，抢着问李所长："刘青山儿子失踪的事情有着落了吗？"李所长故意嗔怪说："你得好好养病，案子你放心吧。"看着王鸣鹃一脸着急的样子，他又说："我已经把失踪人口报给省里了，现在暂时也没办法按照刑事案件来办。要是刘夏真的受害了，我们至少也能找到些蛛丝马迹，可是目前看来什么线索都没有。"

王鸣鹃说："那个老林呢？那天半夜我看见他就那么直直地坐在走廊里，好几个小时，你说他是不是有问题？"李所长说："那个老林是挺怪，可是这世界上怪异的人多了，我们不能因为他怪就把他抓起来吧？比如你要是梦游，大半夜的站在你家走廊里，我能因为你行为怪异就说你犯法了吗？"王鸣鹃嘟囔着说："我总觉得那个老林，还有那栋楼，有蹊跷。"李所长说："你啊，看福尔摩斯看多了，你赶紧好好养病吧。等你身体好了，回来再研究案子。"

王鸣鹃又问："刘青山怎么样了？"李所长叹了口气："可怜天下父母心，他每天下班前都来所里打听一遍，可是我们也做了该做的，剩下的真没办法了，就等着看看其他城市有没有什么消息吧。"王国强说："我记得当年他父亲失踪的时候他好像还跟他母亲大闹了一场，甚至要断绝母子关系，那时候好像他父亲名声不好。唉，换成儿子就是不一样，哪天我要是丢了，小鹃你不会不找我了吧？"王鸣鹃笑嘻嘻地说："爸，你放心，你要丢了，我就一天二十四小时守在派出所等你的消息。"王国强和李所长都哈哈大笑："这个调皮的丫头！"

李所长走后，王鸣鹃拄着拐杖，一瘸一拐地想去上班，被王国强拦住了，说："医生说你这脚至少在家休息三个月，伤筋动骨一百天你听过没有？这才几天？落下病根来怎么办？"王鸣鹃说："爸，这样吧，我听你的，但是我有个要求，你答应我，我就不动了。"王国强知道自己陷入了女儿的陷阱，可他也不生气，就问："说吧，让我干啥？"王鸣鹃说："你帮我去趟派出所，就查查这个老林的家人，户口本上都有些谁，家住哪里，他跟谁一起住，平时有没有好朋友什么的。年纪大了不都爱下个棋什么的吗？"王国强叹了口气："我这退休了就是想远离这些事情，这倒好，反而更加积极了。"王鸣鹃开玩笑地拉住父亲说："爸，那你可别去了，我去吧，反正我要是路上摔倒了，我就爬着去！"王国强说："我还得高高兴兴地帮你办事，不能有一点怨言了？"王鸣鹃笑着说："爸，你最好了，要不我晚上得闷死，有点事情做不好吗？"

王国强来到所里，李所长说："这个小鹃啊，就是不消停。老所长，我还有事，正好他们在整理档案，你让他们找找看吧。"

县里正在实行档案电子化，所有的纸质档案都要输入电脑。不过并不是所有人的档案都保存完整，有些超生的孩子甚至连户口都没有。王国强想了想，好像连这个老林叫什么都不知道。不过好在县里林姓并不多，民警帮他把一摞林姓的档案拿出来，他翻了一遍，没有发现任何在玻璃厂工作过的林姓工人的记录。他想了想，觉得自己找错了地方，应该去县里的人事局。玻璃厂是国企，所有人事任免都要通过人事局走，所以他们那里应该有些记载。他刚起身要走，忽然发现旁边放着一本洛县县志，随手翻了翻，里面关于玻璃厂的记载很多，他跟民警说了声，就借了回来。

王鸣鹃捧着老爸带回来的县志兴致勃勃地翻看起来："洛县玻璃制品厂始建于明代，原来是明代的官瓷窑，一直延续到清末，后来八国联军入侵，看中中国的瓷器，于是霸占了瓷窑，同时也引进了一些国外的玻璃制造工艺。民国时期瓷窑开始渐渐转型，主要开始进行玻璃制品的加工，美工。新中国成立后被归为国有企业……经历了风风雨雨，洛县玻璃厂给洛县的历史添上了浓重的一笔……"王鸣鹃觉得索然无味，跳着往下看："新中国成立后洛县玻璃厂在党和人民的改造下，变得更加生气勃勃。目前为止，共有三位厂长先后任职；第一任，赵国年，1949年至1962年；第二任，朱宁喜，1962年至1975年；第三任，林大志，1975年至今。"王鸣鹃翻到封底，这本泛黄的县志出版日期是1980年，王鸣鹃又把书翻回原来那页，她嘴里念叨着："当年刘永住失踪大概也是1980年，那就是说这个林大志是他当时的领导。"她继续看，可是再也没有能够吸引她眼球的地方，都是玻璃厂怎样解决了就业，创造了多少产值，产品一度出口创汇，在厂员工一度上千人，是县里的明星企业，就连省里的领导来视察，都必看玻璃厂。

王鸣鹃合上书，脑子里翻来覆去都是老林那张怪异的脸和他直直地坐在吓人的白光中间的背影。她忍不住又反复把县志翻了几遍，没找到什么让她满意的线索，她决定面对面找老林聊聊。

第二天一早，王国强来接王鸣鹃出院。医生一再叮嘱，虽然出院了，可是不能活动过多，定期回来复查。王鸣鹃拄着拐杖坐到爸爸自行车后座上，她拉着爸爸说："老爸，我能不能再求你一件事？"王国强脑袋摇得像拨浪鼓，王鸣鹃说："爸，我求你了，回家我也没什么事，我想去玻璃厂看看，你陪我一起去吧。"王鸣鹃扭了一路，王国强终于架不住这个宝贝女儿的哀求，再说正好从医院回家要路过玻璃厂的下道，只要顺道转个弯回来就行，便依了她。

刚路过那个岔路口，王鸣鹃远远地就看见刘青山站在路口发愣。刘青山看见他们过来，问："王警官，你说我是该去厂子上班还是该回家？"王鸣鹃被这愣头愣脑的问题吓了一跳，说：

"这大清早的，你是来上班的吧？走，正好我想去你们单位看看。"刘青山好像如释重负，又问："王警官，我儿子有消息了吗？"王鸣鹃摇摇头。几天没见，她看出来刘青山憔悴了很多，似乎头上的白头发越来越多了，完全不像个中年人，倒像是个老年人了。她说："你也别着急，我这会儿来也是想尽量多了解些情况，所里面我每天都让我爸爸去问是不是有消息。"刘青山感激地说："王警官，让你多费心了，你要问什么，尽管问，我知无不言。"

说着话几个人就到了门口，刘青山把小门开到最大，跟老林摆摆手。王鸣鹃坐在父亲的自行车上，王国强稳稳地推着她。他也回头看了女儿一直要调查的这个老林一眼，似乎觉得有点眼熟。刘青山把他们俩让到办公楼里，自然要坐电梯。王鸣鹃好奇那天晚上两部电梯都开着门，问刘青山："这电梯的门能一直开着吗？"刘青山摇摇头："除非有东西挡在门口，要么就是维护的时候锁住，电梯门就不关了，别人再按电梯，电梯也不会走。"王鸣鹃点了点头。到了八楼的时候，她又问："平时两部都开着吗？"刘青山说："打我来厂里上班，印象中就只开一部，另外一部大概是因为没必要，都是维护、打扫的时候才开。"王鸣鹃问："你有钥匙？"刘青山说："我有，老林有，厂长也有。"王鸣鹃点点头，她又问："老林全名叫什么？"刘青山还真没想过这个问题，他沉思了一会儿说："老林好像是我进厂后才来的。又好像是进厂前？那时候人多，谁在意一个看大门的？再说，那时候好几个看大门的，不过我记得自打老林来了……也许是自打我父亲失踪了，厂里人就越来越少，最后看门的就剩他一个了。"他叹了口气，又像是自言自语："我原以为能在这里出人头地，结果这里人都没有了，老员工就剩下我，老林也算一个，老顾算一个。其他几个看起来年纪大的都是后几年托人调进来的，就为退休混个工资而已。"

王国强看着这间昔日辉煌无比的厂子，记得自己那时候被分到公安局也很不愿意，也想来玻璃厂当工人来着，真是三十年河东三十年河西。刘青山把两个人让到自己的办公室，让他们随便坐，随便看。王鸣鹃问刘青山："你能不能把厂子里的人事档案拿出来，我想看看。"刘青山说："人事档案都在厂长办公室那里，我拿不到。不过你想了解什么，我看我能不能回忆一下？"王鸣鹃犹豫了一下，她想最好还是实话实说："我不仅想了解你儿子的案子，我听我爸说十几年前，你的父亲刘永住也失踪了，我想多了解些信息，也许对找到你儿子有帮助。"她犹豫了许久才问出口，是因为她还记得自己到刘青山家里问了刘青山照片的事情，刘青山立刻情绪不对，她猜他们父子间可能有些问题。

出乎意料的，刘青山这次并没有发火。王鸣鹃不知道刘青山的母亲梁淑珍已经搬回来住，母子因为刘夏的失踪而冰释前嫌。刘青山叹了口气，他说："我是个不孝顺的孩子。当年我毕业分配到厂子，那时候我爸爸是厂里的骨干，我也想跟着风光风光，可是我爸说，你要想风光，要靠自己的努力，你得做出成绩来给我看。他在厂里都不让我叫他爸爸。"王鸣鹃问："你进厂不需要厂长批示吗？那时候的厂长叫林大志？"刘青山点点头说："是，可是我好像没有见过他几次，根本不记得他长什么样，那时候都是我爸爸说了算。分配是国家分配，厂长只要签字就行了。我来了没多久，厂长就换了。"王鸣鹃想想那本县志，就问："你是哪一年进厂的？"刘青山说："我81年进的厂。"王鸣鹃又问："你父亲什么时候失踪的？"刘青山说："1981年9月1号午夜被发现失踪，我记得特别清楚，那是那张照片刚拍了没几天，报纸上也登了。"刘青山指了指放在自己办公桌上的照片。王鸣鹃好奇地拿起那张用相框裱起来的黑白照片，刘青山说："这个就是我父亲，这个和他握手的好像是当时的县长吧。"王国强拿过来，点了点头说："是，我记得那时候的县长，你父亲那时候我也见过，很有精神头的一个人。"

第五章　十五年前的失踪案 ＝＝＝

☰

从没见过他跟别人交流，从没见过他笑，

没见过他的家人，好像他就是个多余的人，

游荡在这个世界上。

☰

刘青山有点不好意思地说："那时候我不懂事，听人传言他是跟厂里的一个女人一起失踪的，大伙都说他俩私奔了，我脸上挂不住，一把火把他的照片都烧了，发誓跟他断绝父子关系。你看到我家里的那张全家福，是唯一留下的一张，我想让刘夏知道爷爷长什么样。这张照片原来在厂长室，后来被我拿来保存了。"王鸣鹃点了点头，又问："你父亲跟厂长的关系好吗？"刘青山不知道这话是什么意思，他也的确不知道，摇了摇头。王鸣鹃盯着照片看了好一会儿，她突然指着被刘永住挡住了半张脸的那个人："这个人是谁？"刘青山摇了摇头说："看着眼熟，可能是厂里的老人吧，我不记得了。"王鸣鹃把照片递给王国强，说："爸，你觉不觉得这照片上的人有点像老林？"

被王鸣鹃这么一说，刘青山和王国强都觉得被遮住半张脸的人越看越像老林，只是他是带着笑脸的，可是老林在他们的印象中似乎从来没有这么阳光灿烂地笑过，所以竟然联想不起来。王鸣鹃说："你说你们单位还有个老顾，是老员工，能不能把他找来？我想问问。"刘青山下楼到厂房里把老顾叫了来。老顾上次托了刘青山跟厂长说情，低价从厂里拿到了一批玻璃，虽然给了厂长点回扣，但他觉得也欠刘青山点人情，又舍不得送钱，正好刘青山有事求他，他就显得特别积极。

进了刘青山的办公室，刘青山介绍了一下，老顾点头哈腰地说："不用介绍，认识，都认识，刚毕业的王警官，还有老所长。"王鸣鹃就直奔主题："顾大爷，你来厂里多久了？"老顾得意地说："快二十年了吧。这厂里的事情没有我不知道的，这楼就是我看着一砖一瓦盖起来的……"王鸣鹃打断他的话："你还记得刘永住是怎么失踪的吗？"老顾看了刘青山一眼，低声说："我以为是调查你儿子的事情？怎么问起来老刘技术员的事情？"刘青山说："老顾，你配合民警同志，有啥说啥，没事。就当我不在。"

老顾勉为其难地说："好吧。那时候刘技术员是厂里的红人，这栋楼刚盖好，那阵子厂长出差，在外面接了一个大单子，全厂人都在加班。厂长第二天就回来，可是头一天晚上刘技术员和厂长妻子秦怡一起在厂里失踪了……"他越说声音越小，刘青山平静地说："没事，老顾，都是过去的事情了，你知道什么就说什么。"老顾继续说："看样子都说是两个人好上了，我觉得那是瞎说。"他看了刘青山一眼，继续说，"厂长第二天回来的时候，厂里已经传得沸沸扬扬了，厂长好像也急疯了，把所有人都赶了出去，停工两天，自己一个人在办公楼里几天没回家，再见到他的时候，他……"王鸣鹃问："怎么了？"老顾说："他好像疯了。"王鸣鹃问："好像疯了？"老顾说："他大喊大叫手舞足蹈的样子，可是嘴里一点声音也没有，好像滑稽戏。有时候却又挺正常的，但就是说不了话了。"王鸣鹃拿出照片指给老顾看："这个人是厂长吗？"老顾盯着照片看了看说："嗯，可能是吧，我也记不清了。那时候厂里人多，我们根本看不到厂长几次，厂长都是在外面跑业务。"王鸣鹃又问老顾："他是怎么当上厂长的你知道吗？"老顾说："那阵子厂子都快黄了，'文化大革命'期间前任厂长被揪了尾巴，没人愿意干，都怕扣资本主义帽子。厂长是外地调来的，据说是高才生。他当了厂长之后厂子一下子就红火了起来。"王鸣鹃点点头，看了看王国强又看了看老顾，突然说：

"你觉得这个人是看门的老林吗？"

老顾吓了一跳，可是看着照片越看越像，最后觉得简直就是到外面拍完了拿回来的。几个人都一致认为这个人就是老林，王鸣鹃很有把握地说："我看过县志，那时候的厂长就叫林大志，正好这个门卫也叫老林。我猜他俩肯定是一个人。"

几个人面面相觑。王鸣鹃对老顾说："顾大爷，你先回去吧，今天问你的话，别对别人说，否则……你可能要负法律责任。"她故意吓了他一下，老顾脸憋得通红，嘴里说着："不敢不敢，可不敢，我一句话也没说过，也没听过。"说着就退了出去。王鸣鹃对刘青山说："这件事你也不要对别人说，可能也跟案件无关。"刘青山点点头。临走的时候王鸣鹃说："这张照片先借我用用吧。"刘青山表示没问题，王鸣鹃补充道："我会还给你的。"

王鸣鹃要走的时候，刘青山问她："王警官，我能问你个私人问题吗？"王鸣鹃说："什么问题？我还没考虑找男朋友。"但刘青山根本不像是在开玩笑，他认真地问："你相信命运吗？"王鸣鹃一愣："我觉得命运都是掌握在自己手里的。"她看起来对自己的回答很满意。刘青山说："假如木偶戏里面的木偶有灵魂，它的命运就是牵着它的那些线。它以为它的每一步都是自己走的，其实都是幕布后面那个人在操纵。"王鸣鹃觉得刘青山似乎有点神经质了，但她可以理解他因为失去儿子而时刻紧张的神经，安慰了他几句就下楼了。

　　下楼的时候，站在办公楼的门口，王鸣鹃觉得事情越来越出乎想象。王国强看着表情凝重的女儿，知道她一定是碰到麻烦了："你下一步想怎么样？"王鸣鹃说："我想直接找他谈谈。"王国强拿着那张照片在阳光下看了看，他说："小鹃，把你钱包拿出来。"王鸣鹃不解，不过她知道父亲可是个老公安了，自然有道理，就掏出来自己的钱包。钱包的夹层里面是王鸣鹃小时候跟父母的合影，王国强把照片拿到自己脸旁，问王鸣鹃："我和照片上的人像吗？"王鸣鹃说："老爸，你还是那么英俊，当然像了。"王国强问："有多像？"王鸣鹃说："有七分像吧，毕竟岁月不饶人啊，你看你那时候头发还那么多，嘿嘿。"王国强问："这是差不多十五年前的照片，跟现在的我多少有些差别吧。"王鸣鹃像被闪电击中了一样，她突然知道了父亲要说什么，她看了看手里的照片："这个照片上的人除了脸部被遮住了一半，剩下的跟老林简直是一个人，而且像得惊人，根本不像是一个人十五年前的照片，甚至好像连服装都还是那一件。就好像……就好像刚刚拍好的照片。"

　　王鸣鹃越来越觉得事情不可思议，脑子里同时闪出了几个答案，比如是孪生兄弟，比如整容等等，可是这些都解释不了自己内心的疑问。王国强严肃地看着王鸣鹃："我只是给你提个醒，凡事多留意，我也没有答案，事情的真相还是得你自己来寻找。"

王鸣鹃觉得好像这一切都跟老林分不开，她顾不得走路不方便，让王国强扶着她，走到门卫室。她敲了敲窗子，老林把门打开，王鸣鹃低头在自己的笔记本上写着："林大爷，我能跟你谈谈吗？"老林从容地掏出来那支蘸水钢笔，从桌子下面拿出来一瓶墨水，端端正正地写上："好"。

王鸣鹃的第一个问题就让老林有些动容。

"你是原来的厂长林大志吗？"

"是。"

王鸣鹃看看王国强，她有点诧异他这么爽快地就承认了。关于刘夏的案子，老林已经做过口供，再问也没有意义，如今她更多地想知道，老林当厂长的那段时间到底发生了什么，刘永住是怎么失踪的，老林怎么成了今天这个样子。

"你知道刘永住吗？"

"我知道。永住是我的好兄弟，当年没有他的帮忙，这玻璃厂不能起死回生。当时我在外面跑单子拉业务，他负责对内抓生产，当时没有副厂长，他就是个实际上的副厂长。"老林的笔顿了顿，蘸了蘸墨水继续写道："我记得是1981年刚入秋，我去外省参加一个洽谈会。那时候全国大兴改革开放，我们玻璃厂作为典型，要跟外商洽谈业务，我一边在外面谈，一边告诉厂里外商的需求，让他们连夜赶工，把样品做出来。9月2号我回来拿样品，跟他们一起又熬了几个晚上，等我完成的时候突然找不到他们两个了，而且整个世界都变了。"他的手稍微有些颤抖。

王鸣鹃作为警察，对案发日期十分敏感，她清楚地记得刘青山说，刘永住是9月1号晚上失踪的，第二天就发现找不到人了。可是老林思路清晰，也不像是糊涂的人，她又问了一遍："9月2号之后的几天你都跟刘永住在一起？"老林用力地写道："是"。"他们是哪一天失踪的？"王鸣鹃问。老林写道："9月4号半夜。那时候我们都在厂里加班加点，我早些回家了，我妻子秦怡还要留在厂里继续，结果就再也没回去。第二天，我发现一切都变了。"

王鸣鹃写了个问号，老林写："我妻子秦怡和刘永住不见了，并且我说话别人也听不见了。"不知道是老林的表达方式还是他说的内容有问题，总有些让王鸣鹃摸不着头脑，她问："你说的话别人听不见了？你是说你突然变哑了？"老林看了看王鸣鹃，露出了不屑的神情，他重复地写下一句："我说的话别人听不见了！"王鸣鹃只好继续问："那你去看医生了吗？"老林说："没用的，医生也听不见我说的话。"王鸣鹃觉得他有点纠缠不清，只好又问："你不是厂长吗？为什么做了门卫？"老林说："后来我从报纸上看到秦怡和刘永住失踪了，我听不见别人说话，别人也听不见我说话，没法做厂长了，我只想留在玻璃厂，还想找到我妻子和刘永住，我想知道真相。县里人事局让我病退，我不同意，觉得哪怕做个门卫都可以，后来是县长帮忙，我就来了。"王鸣鹃问："你是说你突然间变聋哑了？"老林写道："我听不见别人说话，别人也听不见我说话！"

王鸣鹃觉得这老头有些固执，别人听不见你，不就是你哑了么？你听不见别人，不就是你聋了吗？不过她没办法跟这个老人计较，也许上了年纪又读过书的人，故意咬文嚼字。她看看天色已晚，老林脸上也有倦意，就示意谢谢他，今天先到这里。

回去的路上，王国强问王鸣鹃怎么看，王鸣鹃说："老顾、刘青山和老林，基本上都说了这个大致的事实，可是细节有出入。这些事情对他们来说都是人生中重大的事情，所以不可能记错任何一个细节，那么一定是有人在撒谎，想隐瞒真相。最明显的就是日期问题。刘青山说过他父亲是9月1号晚上，也就是9月2号凌晨失踪的，这跟老顾的描述差不多。老顾说刘永住也是9月2号失踪的，并且林厂长是因为这个原因才回来的，把人都赶出办公楼，自己待了几天，然后就变聋哑了。可是老林说他们两个是9月5号凌晨失踪的，之前的几天他都跟他俩在一起，这太匪夷所思了。"王国强点了点头说："一定有人在撒谎。"王鸣鹃说："这件事情有太多的漏洞和疑点，要么是老林精神有问题，要么是他在撒谎。可是我不明白他撒谎为了什么，他恨当年刘永住和他妻子一起失踪，如今来报复刘夏吗？"王国强没接王鸣鹃的话，他说："你还可以再问问刘青山，或者刘青山的母亲，看看他们是怎么说的。"王鸣鹃点点头。

　　刘青山到医院挂了眼科，还是专家门诊。接待他的是个中年医师，询问刘青山的病情，刘青山说："我就是怀疑我眼睛有毛病，你能不能给我做个健康检查？"中年医师笑着说："现在人到中年都开始关注身体关注养生了，怀疑是好事，但是也不必过于担忧，杞人忧天。"他边说边给刘青山做检查。一番检查下来，什么毛病没有，他跟刘青山说："一切正常，1.5的眼睛，没有近视没有散光，眼底正常。"看刘青山还不走，他问："你到底感觉哪里不舒服？"刘青山说："医生，我总是看到镜子里的东西跟实际的东西不一样，比如我从镜子里看一个东西是倒着放的，回头一看又是正着放的。是不是有什么幻视之类的先例？"中年医师笑了笑说："你想多了吧，你要是看到些奇怪的东西，应该不是眼睛的毛病，有可能是神经的毛病。你可能是最近精神压力大了吧，这样吧，你去楼上神经科看看？"

　　刘青山又到楼上排队挂号。这次是个女医生，她听了刘青山的描述后，拿出一张白底黑色线条的图，让刘青山盯着，刘青山就死死地盯着。过了一会儿，她把图拿走，让刘青山闭眼睛，问刘青山看到了什么，刘青山闭着眼睛，仍然看到了一幅耶稣头像。医生笑着说："你看到了吧，这个图片现在很流行。为什么闭眼还能看到图像？就是因为你刚才盯得久了，突然闭眼，部分图像还残留在你视网膜上。设计者利用了这个原理设计出来这幅图片，所以你闭上眼还能看到一个人的头像。"刘青山觉得挺神奇，可是不放心，又问："那我看到镜子里的东西跟真实的不一样，也是这个原理吗？"医生根本不相信他说的事，就说："人的神经是个很神秘的东西，到现在都没有完全研究透彻。神经有问题了，幻视幻听都有可能发生，你一定是精神压力大了。"刘青山特别厌烦别人把他的问题说成是精神压力大。但医生只给他开了点安眠的药，就让他回去。刘青山又问："医生啊，我还想问问，我经常觉得自己在和自己挣扎，比如我想走这条路，可是又犹豫是不是该走另外一条路，好像脑子里两个声音一个让我这边，一个让我那边，这……是不是精神分裂啊？"

医生脑子里都是下班后要找谁一起去吃饭，她觉得刘青山很烦，可是病人的问题又不好不回答，就说："你家里没有精神分裂病史吧？"刘青山摇摇头。她说："那就一般不会，除非是受了重大的精神创伤，或者挫折。你说的现象其实就是某种犹豫的性格而已，并不是什么精神分裂，精神分裂的时候你只有一种性格，你是感觉不到另外一种性格的存在的。"刘青山说："我总觉得生活中有种力量束缚着我，我觉得那好像就是另外一个我。我最近儿子也失踪了，这算是个挺大的打击吧。"医生想："原来就是他儿子在玻璃厂失踪了，这爸爸怎么当的，精神分裂也不过分，要是我是孩子他爸我都跳河自杀了。"嘴上却说："你想开点吧，有时候事情发生了，精神紧张压力大也于事无补。你回去吃吃我开的药，有舒缓神经的作用，两周还不见效，你来复诊。"刘青山只好讪讪地走了。听见关门声后，医生们开始窃窃私语："原来就是他啊，把儿子弄丢了……"

刘青山回到家里，发现王鸣鹃坐在自己家的沙发上，正在跟母亲聊天。他觉得王鸣鹃这么盯这个案子，是个好事儿，这个小姑娘是县派出所里最敬业的了。王鸣鹃问梁淑珍："阿姨，我想问问刘永住失踪的时候的事情，您能给我提供一些线索吗？"梁淑珍叹了口气："十几年前我站在派出所门口想要提供线索，叫天天不应，叫地地不灵。"王鸣鹃有些尴尬，梁淑珍继续说："你说吧，你想知道什么？"王鸣鹃问："刘永住是哪天失踪的？""9月1号半夜，或者说9月2号凌晨。"梁淑珍想都没想就脱口而出。王鸣鹃点点头，又问："他们失踪的时候厂长在哪里？"梁淑珍说："厂长不在厂里，第二天才回来，但是回来后躲在厂子里几天不见人，因为他的妻子也失踪了。有人9月5号看见厂长的时候，他就有些精神不正常了。"王鸣鹃又点点头："阿姨，我不想冒犯您，不过为了案子还是要问问，刘永住这个人人品怎么样，跟秦怡……还有厂长林大志的关系好不好？"梁淑珍有点鄙夷地看了看王鸣鹃，王鸣鹃赶紧说："我知道那些传言，可是我想知道一个真实的刘永住，这对搞清他为什么失踪也许会有帮助。"梁淑珍看她挺诚恳，就说："我们家老刘是个认死理儿的人，固执，工作狂，总抱怨厂子小不能一展身手。其实他们够成功的了，他还是不满意，总说要打破命运的束缚，干出一番事业来。他跟厂长林大志以前是同学，就是他极力邀请林大志来当厂长，林大志才同意的，当时都冒着被当成资本家的风险，谁都不爱干这个厂长。不过要说我们家老刘跟厂长爱人私奔，我打死也不信。林厂长因为这件事情精神上受了打击，好像后来有点失常，也不知道哪里去了。"王鸣鹃没告诉她林厂长后来就在厂里当门卫当了十几年。

王鸣鹃对事情的真相似乎稍微有点把握了，梁淑珍、刘青山、老顾关于失踪时间的说法都一致，唯有老林说的不一致。而且根据他们的说法，老林把办公室关了三天，这三天他都干了什么？为什么出来之后就不正常了？老林自己却说，这几天他和秦怡还有刘永住在一起，三天之后他们才失踪。看来事情的关键还是在老林。

想到这里，王鸣鹃起身告辞。挪到门口，刘青山问需不需要他送，王鸣鹃说："不用了，我爸说过会儿来接我，现在差不多到楼下了。你们不用担心了。"刘青山说："王警官，我们家的案子让你费心了。"王鸣鹃说："都是应该的，以前我爸爸欠了债，我做女儿的该还。你们放心，只要我有能力，一定把案子结了。"

王鸣鹃走后，刘青山说："妈，我去医院了，医生说我就是压力太大，精神容易出问题。"梁淑珍说："我就说，你没什么问题，别整天胡思乱想，总有一天他们爷儿俩会回来的，到时候你看我不收拾那个老不死的。你这样一说，我也想起来了，以前你爸爸也总抱怨命运不公平，他也总想做出点不一样的事情来，不想生活在原来的框框里。这下好了，一下子从框框里面蹦出去，人都没有影了，还有谁能束缚得了他？"

刘青山说："妈，其实林大志一直在厂里，做门卫，这些年我居然不知道，最近王警官调查出来我才知道。"梁淑珍说："出了这么大的事情，不管事情真相怎么样，我们都是受害人，谁还愿意抛头露面？都可以理解。我虽然挺着腰板做人，可是也不愿意往人多的地方凑。毕竟啊，自己内心有一块受过伤的地方。老林这些年估计也过得很苦，不过他媳妇、我丈夫同时失踪，不管真相是什么，我也不愿意面对他。"说完她转身去做自己的活了。

回家的路上，王鸣鹃跟王国强说："说来说去好像还是老林在说谎，我要找个时间跟他彻头彻尾地好好谈谈。我总觉得他不像是坏人，可是所有的线索都指向这个神秘的老头，这次我要把所有的疑问都列出来。"王国强提醒她："别让自己的情绪影响了案子。你不能提前假设一个人是没有罪的，你要假设所有的人都有可能是主谋。"王鸣鹃说："这本来是个孩子失踪的案件，不知怎么竟然把重点搞到十几年前去了，我是不是跑题了？"王国强说："你要是能把十几年前的案子破了，也算完成老爸一个心愿。我欠你个人情。"

王鸣鹃再次去找老林前，去了次县里医院的神经科。她问医生："我有个亲戚，好多年以前受过一次巨大的打击，打那之后他变聋哑了，会有这种可能吗？可以治愈吗？"医生说："这个不好说，你得让病人亲自来做做检查，我们看了情况才知道。至于有没有这个可能性，既然发生了那总归是有的，有人脑子受到创伤变得失语，或者听力受损，这都有可能。"王鸣鹃觉得这基本上就是什么都没回答，不过她想在和老林再次接触之前，多做一些调查，任何一条线索都有可能带领她获得真相。医生又说："如果不是物理损伤，比如声带受损或者鼓膜受损，而只是人的神经选择性地截断这些信息传导的途径，那还是很有希望恢复的。"王鸣鹃觉得这是个好消息，她想从这个角度切入，可以让恢复听觉和语言能力的老林更加放开。有些时候她也觉得这个老人除了神秘之外，还有些孤独。她从没见过他跟别人交流，从没见过他笑，没见过他的家人，好像他就是个多余的人游荡在这个世上。

让王鸣鹃失望的是，当她再次回到玻璃厂，被刘青山告知，老林已经辞职离开了。不过他给王鸣鹃留了一封信。王鸣鹃打开信，一看就是老林的笔迹。

王警官：

我看得出你是一个执着地追求真相的人，我也是。不过世上所有的真相都不是通过别人的嘴得来的，而必须是自己亲身经历得来的。别人口中确凿的事实也许是谎言，别人口中荒谬的故事也许是事实。

这么多年我一直想知道我的妻子到底去哪里了，我现在仍然不知道。不过我会一直追寻真相。我知道你心里有很多疑问，其实我也一样有很多疑问。很多事情我自己也无法解释，别人更加不会相信。我尝试着向别人解释过，可是别人总是把我当神经病，所以我不再解释了。但是有一点请你要相信，我的双手是干净的。

我知道你一直好奇当年到底发生了什么，我只能告诉你，1981年9月2日我回到厂里，热火朝天地跟我的员工们一起为样品做最后的准备，包括秦怡和刘永住。9月4号晚上我独自回家，9月5号早上，对我来说，整个世界都天翻地覆了。

天没有那么蓝了，人没有那么有活力了。发生的事情，我说过，可是没有人相信。

　　不过我相信刘夏的失踪跟那天晚上发生的事情也许有神神联系，我一直在寻找线索。刘夏的失踪让我相信，可能那问题就出在办公楼的电梯轿厢里。正如我说，我也在追寻真相，不过也许你更加聪明，可以更快找到真相。

　　这个世界不是我曾经生活过的世界，所有我爱的人都已经不在了，真相对你来说也许重要，对我来说却不再重要了。十几年前我花了很长时间让自己隐姓埋名，就想静静地守候着我妻子的回归，可是如今这份宁静已经被打破，我不想把自己再次放在公众的视野里，所以我离开了。最后希望你能找到你要的真相。

林大志

1996年8月2日

第六章　重返案发地

=
=
=

她不知道是自己有毛病还是全世界都有毛病，

最可怕的是全世界都有毛病，

而他们却以为你有毛病。

=
=
=

王鸣鹃懊恼地看着这封信，老林似乎说了很多，又似乎什么都没说。反反复复的真相真相，到底什么是真相？刘青山看王鸣鹃这么烦恼，竟然反过来劝她："王警官，你不要着急，你已经尽力了。我想好了，找不到儿子，我就卖了房子出去找，走遍天涯海角也要把我儿子找回来。"这看似安慰的话，更激起了王鸣鹃寻求真相的欲望。她忽然想起那天夜晚，老林坐在两部电梯中间，背对着自己，他一定是发现了什么，或者在等待着什么。正如老林说的，真相只有自己经历才会知道。她跟刘青山说："把你办公室的钥匙借给我，我今天晚上在你们单位住一晚。"刘青山也不好推辞，就把自己的钥匙给了王鸣鹃。

王鸣鹃跟王国强说："爸，我晚上去趟玻璃厂，还是案子的事情，我有点线索，你不要担心。我跟刘青山借了钥匙，我晚上就在他办公室凑合一宿。"王国强要陪她去，王鸣鹃说："爸，不用了，你身体不好，换个地方睡不好觉。我觉得林老头怪可怜的，我就想体验体验他的生活，或许能发现些不一样的东西。"王国强知道女儿的倔脾气，想了想，反正离自己家也不远，老林走了的事情他也知道，无非就是个空厂房了，女儿的脚也好了，但他还是有点担心，反复问了几次。王鸣鹃说："爸，你还担心我跟刘夏一样没了啊？放心吧，我不会丢下你们二老不管的。"

王国强还是不放心，他把王鸣鹃送到厂门口，又送到办公楼里，说："小鹃，我干脆跟你一起在这里凑合一宿吧，咱俩也有个照应。"王鸣鹃说："爸，门口老林那屋子有张床，你要凑合就去那里凑合吧，我有什么事情，推开窗子往下一喊，你就能听见。"王国强想也好，他年纪大了，能起早不能熬夜，办公室里连个沙发都没有，睡着确实不舒服，就下楼到门卫室。门卫室里就有张单人床，王国强躺了下去，没多久就睡着了。

王鸣鹃在刘青山办公室东翻翻西瞧瞧，也没看出什么端倪。她站在窗边，看着门卫室微亮的灯火，知道老爸在那里，心里颇为安心。今天晚上是近来少有的好天气，居然可以看到朦胧的月亮，还有零星的几颗模糊的星星。王鸣鹃从小就觉得天总是不透亮，雾蒙蒙的像被什么遮住了似的。她转过身，想起来那天晚上老林就那么一动不动地坐在走廊里，一定是发现了什么事情，她也拿着一把椅子，放到走廊中间，打开电梯，让灯光洒出来。可是电梯开了一会儿就自动闭合了，王鸣鹃想起刘青山给自己的钥匙，他说过电梯可以锁住，于是走进电梯，插进钥匙，拧到"维护"一栏，果然电梯静静地停着不动。这时候她又按了向下键，另外一部电梯也上来了。她把两部电梯都停稳，自己百无聊赖地坐在中间的凳子上。楼道的尽头有扇窗子，王鸣鹃起身走两步就能看到外面。她坐在老林坐过的位子上，好像模拟嫌疑犯的犯罪行为似的，她在警校学过，真实的模拟可以让你发现很多意想不到的细节。

她看了看手表，已经十一点多了，她就那么坐一会儿走一会儿，趴在窗边望一会儿，已经两个多小时，有些累了。坐在那个位子上，除了能直直地看着那扇小窗子外，别的什么也看不到。她扭过头冲着电梯间，突然被眼前的景象吓了一跳：两部电梯里面都安装了硕大的玻璃镜，两面镜面互相映射，她看到了无数的自己，那些影像从大到小，最后汇聚到镜子中间的一个点。她看到自己的正脸，也看得到自己的背影，她稍微一动，整个镜子里的人都跟着动，就好像《西游记》里面孙悟空的法术一样。

可能是由于一个电梯轿厢的玻璃镜子有些灰尘，她向左看比较清晰，向右看有些黯淡。过了一会儿她就觉得无聊了。她的眼皮开始有些打架，看了一眼手表，已经11点58分了，眼看新的一天就要开始，她把手垫在椅背上，又把头靠在手背上，慢慢合上了双眼。没过多久，走廊里响起了座钟的报时，她忽然间惊醒，发现两部电梯轿厢都变得亮得刺眼，就像白炽灯电流过强随后就要爆炸的那种光线，她甚至已经听见了那种白炽灯管发出的噼噼啪啪的眼看就要爆裂的声音。她看不清走廊周围，她本来面对着左侧的电梯，转过头来发现右侧的电梯似乎稍微暗一点，她眯着眼睛摸索着起身，朝稍微暗一点的电梯走去，想用钥匙把电梯关掉。她好不容易摸到了钥匙孔，刚要插进去，突然整个电梯里一片黑暗，像是灯管真的爆裂了。王鸣鹃对突然而来的黑暗有些措手不及，只有报时钟的声音还在耳边回荡。她屏住呼吸，一边告诉自己镇定，一定是停电了，一边用手摸着电梯里的扶手朝出口走。还好没过几秒，就在报时钟停止的时候，电梯里的白炽灯努力跳了两次，终于又亮了起来。

王鸣鹃环视四周，似乎没什么异样，可能是由于刚才强光刺眼，现在她觉得虽然电梯里的灯又亮了起来，可是好像比刚才暗淡很多。她被这个小事故惊吓了一下，就把椅子挪走，回到刘青山的办公室，把几张椅子拼起来，自己躺上去，迷迷糊糊地睡着了。

王鸣鹃这一觉睡得非常好，她觉得安静极了，从来没有睡过这么好的一觉。早上醒来的时候，看了看手表已经六点多了。她出门看了看，走廊里没什么异样。顺着楼道尽头的那扇小窗子往下看，门卫室似乎还亮着灯。想起来父亲还睡在那里，她急急忙忙地下楼，顺便把昨天自己锁上的电梯都打开了。

到了门卫室的时候，她发现门卫室的门紧锁着，透过窗子往里看，里面一个人也没有。王鸣鹃摇了摇头："老爸肯定是受不了，自己回去了。这个老头，还说人家，自己也够怪的。"王鸣鹃只好自己往回走。昨夜她记得自己看见过月亮，今天应该是个大晴天才对，可是早上的天看起来模模糊糊，要不是自己看了时间，简直分不清是清晨还是黄昏。王鸣鹃走了十几分钟，路上行人不多，她渐渐放慢了脚步，觉得有些异样。她能清楚地听到自己的脚步声，自己的呼吸声，她想自己是不是要变异了，怎么突然之间听力这么好了？想到这里，她忽然意识到那种异样的感觉是什么了，她从楼里出来走到现在，觉得这个世界好安静，所以她才能清楚地听到自己的脚步声和呼吸声。她吓了一跳，清了清自己的嗓子，跟自己说："你好！"她听得清清楚楚，心里稍微放松了一点。但她还是疑惑，这夏末的早上不是应该有鸟鸣、虫叫吗？自己从庄稼地一路走出来，竟然没有一丝声音，就好像是，音乐会上灯光暗下去，指挥手里的指挥棒还没挥动的那一瞬间，大家都屏住呼吸那么安静。

她疾走了几步，耳边就是自己的脚步声。上了公路，有汽车从她旁边经过，这下她傻眼了，汽车迎面而来，疾驰而去，她竟然听不到一点声音。她有点惊慌，拦住早上锻炼的一个路人，大喊："你听得到我吗？"她被自己的声音震得耳膜生疼，被她拦住的人却莫名其妙地看着她。王鸣鹃看得出来他的嘴在动，可是她觉得他很好笑，张着嘴皱着眉头，一点声音也没有。"你说什么？"王鸣鹃大喊。她自己听得清清楚楚，可是对方仍然满脸疑惑，对她摆手，看样子以为王鸣鹃有什么毛病。

王鸣鹃开始发足奔跑，越接近自己家，周围人越多，可往日嘈杂的街道，如今却变成了另外一幅景象，在王鸣鹃的眼里，一群人像在舞台上做着哑剧一样，表演得如此逼真，一丝声音都没有。她奔跑时听得到自己的呼吸，自己的心跳，自己的脚步，可是其他任何声音都听不到，这让她接近一种抓狂的状态。她冲上自己家公寓楼，三步并作两步，用力地猛敲自己家的门，这下子她真的傻了，她用尽浑身的力气，竟然听不到敲门声。她又用尽全力拍门，直到双手红肿，甚至麻木了，还是听不到一丝声音。

几家邻居也被敲出来看到底发生了什么，王鸣鹃停下来的时候才意识到自己身后站了人。她也知道大伙一定是来看热闹的，可是她现在也没心情管这么多，她急着见到父亲，想知道自己到底是怎么回事。门终于打开了，王国强一脸诧异地望着王鸣鹃，他说着什么，可是王鸣鹃这回彻底傻了，连父亲说的话自己也听不到了。母亲也出来，一脸焦急地跟王鸣鹃说着什么，又把她拉回屋子，王国强笑着跟邻居说没事都回去吧。

　　王鸣鹃进了屋，到厨房找了口水喝，然后坐了下来。母亲一直在她耳边说着什么，又比画着什么，但王鸣鹃觉得他们简直就是另外一个世界的人。她让自己镇定下来，示意母亲去拿一支笔和一个本子。母亲赶紧去拿，王国强此刻也回到屋里，两个人都焦急地望着王鸣鹃，满脸的疑惑。王鸣鹃把纸摊开，快速地写着："爸妈，我突然听不到你们的声音了，你们也听不到我的声音了？"王鸣鹃的父母对望了一眼，王国强拿过笔："小鹃，你这是怎么了？你到底发生什么事情了？你不是说要去省城找朋友玩几天，怎么一天就回来了？"王鸣鹃看了看爸妈，心里奇怪老爸写的东西都是什么啊，让她莫名其妙，她潦草地写着："昨晚你怎么自己回来了？你是什么时候回来的？我醒来就觉得怪，看你也不在门卫室，我就急着跑回来，可是突然之间听不到任何声音了。"王国强的脸色越发怪异，他拿过笔写道："昨天送你上车之后，我就跟你妈回家看电视，然后就睡觉了，以为你得下个周末才回来。什么门卫室，我怎么会去门卫室？"

王鸣鹃发现他们两个人说的事都不在一条线上，甚至完全是南辕北辙，根本没法交流。她不知道是自己有毛病还是全世界都有毛病，最可怕的是全世界都有毛病，而他们却以为你有毛病。她知道现在自己很混乱，努力想把自己的思路理清：首先，她听不见别人，别人也听不见她，这可以解释为自己的神经系统出了毛病。可是为什么父亲写的东西跟自己的记忆完全是两码事呢？难道自己精神分裂了？或者眼前坐着的这个人根本不是自己的父亲？她想到这里，不禁有些毛骨悚然。

她打量父亲的时候，父亲也在疑惑地打量着她。父亲的容貌没有发生任何变化……但似乎有些不一样的地方，父亲的头发原来似乎是向左分，现在变为向右分，不过王鸣鹃也从来没有仔细注意过父亲的发型。还有，她揉了揉自己的眼睛，看见父亲光滑的额头上好像有两个黑点，就像是用钢笔尖戳到了一样，远了看不见，只有面对面仔细看的时候才看得见。她想大概是刚才写字的时候墨水溅了出来，便指了指父亲的额头。王国强用手撸了撸额头，王鸣鹃却觉得他好像根本没擦掉。她只好起身去拿自己房间里梳妆台上的小镜子，让父亲照照自己的额头。王国强搞不清楚王鸣鹃要干什么，只好照了照，可是什么也没看到。

王鸣鹃觉得好笑，心想这么大的人怎么这么不仔细。她拿过镜子站在父亲身边，想要从镜子里指给父亲看他额头上的黑点，突然王鸣鹃好像看到了魔鬼一样，把手中的镜子摔了个粉碎：她在镜子里居然看不到自己的影像！

王国强以为女儿就是手抖了没抓住，他站起身来到卫生间对着镜子，看了好一会儿也没发现额头有什么东西。他担心女儿，跟王鸣鹃的母亲商量，赶紧去医院看一下，女儿到底是不是精神出了什么毛病。王鸣鹃惊魂未定，她战战兢兢地走到卫生间的梳妆镜旁边，看着镜子里面，那里面空空如也，就好像这个卫生间本来就是空的一样。但她却能从镜子里面眼睁睁地看着父亲走进来，父亲用手比画着自己的额头说："你看没什么吧？是你看错了。"王鸣鹃惊讶地发现，父亲似乎能看到镜子里自己的影像，只有自己看不到。她从外屋把母亲也拉进来，母亲的表现似乎也很平常，面对着镜子，说父亲的脸上没什么。王鸣鹃的精神近乎崩溃，她以为全世界都有问题，可是真正有问题的好像反而是她自己。

王国强和王鸣鹃的母亲急着拉女儿去医院，王鸣鹃靠近母亲的时候，发现母亲的额头也有两个不起眼的小黑点。王鸣鹃闭上眼睛，她想，这些诡异的事情应该都是自己的噩梦吧，醒来也许就好了。

父亲像往常一样骑自行车带着自己，王鸣鹃一路上仍然听不到马路上的嘈杂，只听得到自己的心跳声。挂了五官科的号，医生先检查她的听力，从她的背后左侧敲击、右侧敲击，她完全听不到一点声音，又检查她的口腔声带，让她发出"啊"的声音。王鸣鹃明明听到自己的"啊！"可是医生就是摇头，父亲也失望地叹了口气。她看见诊断书上写着："听力完全丧失，声带功能完全丧失。"

医生跟王国强说："这种病例很奇怪，可是就在不久前我们这里也接待过一个类似的病例，病人突然之间丧失了发声能力和听力。那是个十几岁的孩子，孩子的家长很着急，已经送到省城就诊了。如果他们能查明原因，或者找到解决办法，或许对你们来说也是个好消息。"医生停了停又说，"这种病例我们觉得大部分应该是精神受到了刺激吧，从物理检查上来看，我看不到任何损伤。让病人好好回家养养，放松心态，一定不能紧张受刺激了。或许会有奇迹出现，暂时我们也没有别的好的方法。"王国强只好点头说行，带着王鸣鹃出了医院。

王鸣鹃突然想起老林跟自己说过的话："我说的话别人听不见，我也听不到别人说的话了。"这时候她才反应过来，老林没有说"我说不出话来了"，或者"我听不到自己说的话了"。王鸣鹃现在的症状，完全符合老林的描述："我说的话别人听不见，我也听不到别人说的话了——可是我自己说话我自己可以听见。"她觉得此刻就像是她被罩在了一个隔音的盒子里，跟外面百分之百隔音，自己说的话在自己耳边嗡嗡作响，可是别人看她就好像是在演哑剧一样。

她知道老林辞职了，可她此时此刻迫切需要找到老林。她拽了拽父亲，写给他："爸，你带我到玻璃厂去一趟，我有点事情，必须去！"王国强看到女儿生病，本来心里就难受，女儿提出的要求自然百分之百答应。

到了玻璃厂门口，王鸣鹃跳下车子，穿过小门，向办公楼里走，她想去找刘青山。刚一过门卫室就被一个中年人拦了下来，他跟她说着什么，王鸣鹃跟他比画："我听不见。"中年人就随手掏出来一个临时通行证，告诉王鸣鹃："你要进去，要登记，要找谁，我给你个通行证，你不能随便进。"这时候王国强也赶了过来，跟门卫的中年人解释："我女儿听不见也说不出。"王鸣鹃着急，赶紧掏出来笔记本，飞快地写道："你知道原来在这里做门卫的老林家住哪里吗？"写完递给门卫。中年人一脸狐疑看着王鸣鹃，接过王鸣鹃手里的笔，歪歪扭扭地写道："我在这里工作好几年了，只有我一个人在这里打更，没听说过什么老林。"

王鸣鹃头皮发炸："老林，林大志，原来的厂长啊？"中年人写："你一定是搞错了吧，我都在这里干了五六年了，哪有什么老林？我前面那个打更的老头姓赵，也做了十年了，后来退休了。从来没有什么老林，你没事的话不要捣乱。"说着就要把他们往外赶，王鸣鹃赶紧写道："那刘青山刘技术员呢？我想见见他。"中年人看了看她："刘技术员儿子生病，带到省城去了，已经走了一周多了，不在厂里。"王鸣鹃越问心越惊："刘青山的儿子？刘夏？他不是失踪了吗？"中年人已经懒得再写了，他觉得这个小姑娘好像精神有点不正常。不顾王国强怎么解释，他把两个人推出了大门外。

回到家，王国强坐在餐桌旁边，耐心地写给王鸣鹃："你今天问的问题都是些什么乱七八糟的？你怎么认识玻璃厂的人？什么失踪？"王鸣鹃绝望了。好像这个世界抛弃了她，上一分钟还好好的，突然之间所有人的行为举止都让自己不明白了。王鸣鹃顾不得父亲阻拦，下楼直奔工作单位。

李所长看见王鸣鹃一脸严肃、行色匆匆地冲了进来，开玩笑地说："你不是休假了吗？怎么这么快就回来了？"王鸣鹃拿出写好的纸条，递给李所长："李所长，我现在说不出话来，耳朵也听不见。我就是想问问十五年前刘永住失踪的案子，还有没有什么资料可以查查？"李所长看着纸条，满目狐疑地看着王鸣鹃，他写道："是玻璃厂厂长刘永住吗？"王鸣鹃松了一口气，总算是有人正常了，她点点头。李所长严肃地看着王鸣鹃，写着："你是开玩笑吗？什么失踪案？刘厂长刚刚退休，这不，今天还来所里，希望公安局能帮着调查他孙子突然失语失聪的事，问有没有可能是刑事案件。"

正写着，从里屋走出来一个头发花白的人，跟李所长打了招呼，他说："李所长，我就这么一个大孙子，当个宝贝似的。前几天都还好好的，突然之间不会说话了，我怀疑是不是有什么坏人给他下了药。你可多给我费费心，好好查一查啊。"李所长满脸堆笑："刘厂长，你放心，我们一定尽力去办。青山带孩子去省城检查了？"刘永住说："可不是，走了一周多了，正在住院。说是在观察，可是不知道要观察到什么时候。我想要是能查出怎么回事，也许对孩子的恢复有好处。"李所长说："一定一定。"

尽管眼前这个头发花白的老人和她看到的刘青山桌上的照片不太一样，可是她还是能百分之百地认出，这个人就是刘青山的父亲刘永住，只不过他要比照片上的人老了很多，毕竟已经七十多岁的人了。王鸣鹃的心情已经无法用言语表述，她眼睁睁地盯着这个十几年前就失踪的老人从自己身旁经过，举手投足间没有任何异样。

送走了刘永住，李所长写给王鸣鹃："我看你精神状态不太好，你先回去休息几天吧，有事我再去找你。"王鸣鹃一口气跑回家，回到自己的房间里，抓着自己的头发，拼命地喊："这到底是怎么回事？是我疯了还是全世界都疯了？"

王鸣鹃觉得自己被整个世界抛弃了。她不断地告诉自己，冷静冷静再冷静，头脑发热、盲目冲动不会有好结果，这件事情已经超过了自己的想象和能够理解的范围。她想找父母谈谈，可是立刻排除了，父母的表现跟其他人一样。其实最可怕的事情就是，你最亲近的人都不相信你了，都像看着个怪物似的看着你。她想找所长，可是所长的态度也让她觉得陌生。她其实最想找的是老林，可是别人都说根本没有这个老林。她想到了刘夏一家人，趁着母亲没注意，她偷偷溜下楼去，直奔刘青山的家。

开门的就是王鸣鹃在派出所碰到的刘永住。刘永住带着老花镜，看到王鸣鹃之后一愣，觉得眼熟，就问："请问，您找谁？"王鸣鹃拿出来写好的纸条："您好，我是县派出所的王鸣鹃，关于您孙子失语失聪的事情，我想问您几个问题，因为，我现在也有同样的问题。"

老人显然怔了一下，他没有预料到自己孙子的症状居然还有同病相怜的人，赶紧热情地把王鸣鹃让到屋子里来。王鸣鹃拿出来预先写好的问题："刘夏是哪一天发病的？"刘永住写道："7月15号晚上，他跟朋友杨晓宇出去玩，不知怎么的回来就突然变成那样了。"王鸣鹃问："他们当晚去哪里了？去玻璃厂了吗？"刘永住说："好像不是，他们放暑假，都在一个同学家里玩，后来就准备在那里过夜。可是不知怎么后半夜有人起来发现刘夏不见了。这孩子大半夜的时候跑了回来，就变成这样了。"王鸣鹃想到了时间问题，她写道："你记得具体时间吗？"刘永住说："大概半夜十二点半孩子到家的。"王鸣鹃又问："他回来后有些什么表现？"刘永住说："跟你一样，给我们写字，好像一点也听不到，也说不出来。"王鸣鹃基本上确定了刘夏的症状跟自己一样，她随即又抛出一个问题："你知道林大志吗？"刘永住皱了皱眉头，不知道这个年轻的小姑娘怎么问起这么个问题来，他也不知道这跟他孙子失语有什么关系。不过出于礼貌，他还是回答了她："林大志是我们的老厂长，不过80年代初期他就失踪了，公安局也没有个说法。他走之后我才当上厂长的。"王鸣鹃心里有一万个问题，可是她只能顺着老人说的话问："他什么时候，怎么失踪的？"刘永住说："我清楚地记得，那是1981年9月5号的凌晨，我们正在忙着订单，连续几天几夜没回家。他先回去了，结果我们就再也没见到他。"

王鸣鹃吓出来一身冷汗。自己盯了这么长时间的老林怎么会早就消失了？消失的明明是你刘永住才对。她又问："您认识秦怡吗？"刘永住觉得这人来好像不是为了自己的孙子，倒像是冲着失踪的厂长去的，他写道："她是我们厂长爱人，厂长失踪后，她受到了很大的打击，不过她很坚强，自己一个人生活。这些年好不容易平静下来，你还是不要再去打扰她了。"王鸣鹃对这些跟自己已知的信息不符合的消息已经习以为常了，她只能先尽量记住刘永住说的每一个字。她写道："我很想和您的孙子交流交流，毕竟我们感同身受。他什么时候回来？"刘永住说："大概这几天就差不多了吧。前两天青山打电话回来说快了，医生也看不出什么毛病，做了脑CT，没发现什么异常。除了失语失聪，其他身体状况良好，没有任何毛病，就是有点胡言乱语。"王鸣鹃问："什么胡言乱语？"刘永住写："这孩子从那天晚上回来之后，就不认识我了，说我早就已经不在了，这让我很疑惑。不过他还认识他爸爸，他妈妈，他奶奶。"

这些问题够王鸣鹃想一阵子了。天色不早，她看刘永住一直戴着老花镜写字看字，也有些累了，便写道："谢谢了，我可能还会过来麻烦您的。"起身跟刘永住握手道别的时候，她隐约地看到，刘永住的额头上也有两个小小的黑黑的类似钢笔点上去的点。她觉得好笑，怎么这些老人写几个字都能写到额头上去？

第七章　迷雾重重

她感到真相离自己越来越近。

可是就像那扣着自己的隔音盒子，好像有层屏障，

即便很近了，跨不过那层屏障，一切都是徒劳。

王鸣鹃回到家里的时候，王国强和妻子正在研究怎么给王鸣鹃治病。而王鸣鹃也不想嚷着自己没病了。她想起那些恐怖的精神病院，所有的精神病人都嚷着自己没病，如果一直坚称自己没病，可是自己相信的事情又跟他人的认知不符合的话，就会被冠上精神病的帽子。她跟父母写道："爸妈，我想跟你们好好谈谈。"王国强看了看妻子，欣然写上："好啊，小鹃，不论发生了什么，我们都会站在你这一边支持你！"王鸣鹃写道："我这几天可能是工作忙受了些刺激，记忆有点不好了，所以发生了些前言不搭后语的事情。我想问您二老点问题，就是想确认一下我的记忆有没有问题，或许也能帮我恢复原来的记忆。"王国强和妻子点点头。王鸣鹃开始写："我的生日是哪一天？我是在哪所学校毕业的？我最大的志向是什么？我现在的工作是什么？我最爱吃什么？我什么时候学会骑自行车的？我最喜欢的歌星是谁？我上一次陪妈妈逛街是什么时候？上一次全家旅行去的哪里？"王鸣鹃的这些问题横跨过去和现在，王国强看看妻子，提起笔一一作答。

王鸣鹃拿起父亲写的答案，跟自己记忆中的进行对比。生日，跟自己记忆中的一样；毕业学校一样；志向不一样；工作一样；最爱吃的食物不一样；学会骑自行车的时间一样；最喜欢的歌星不一样；上一次陪妈妈逛街的时间一样；上一次全家旅行的地点一样。王鸣鹃没有表现出来异样，她只是微笑着谢谢爸爸，写道："这些跟我想的一样，谢谢爸妈了！"说完，转身回自己的房间了。

在设置问题的时候，王鸣鹃并没有考虑这么多，可是看到跟自己记忆中一致和不一致的问题的时候，她发现了问题：所有有关时间地点的问题，都一样，而有关主观印象的东西则都不一样。除去父母可能不是十分肯定的东西，比如自己最爱的歌星，这个爸妈可能真不了解，可是自己最大的志向不就是当个警察吗？父亲写的居然是要做一个教师？她躺在自己的床上，无奈地看着天花板发呆。

难道我真的人格分裂了？王鸣鹃本是个爱美的姑娘，随手拿起床边的小镜子，看到镜子里竟然照出的是自己的枕头，这才想起来还有这件让自己头疼不已的事情，差点没又把镜子扔了。她现在想起来为什么老林那么怕看到镜子了。哪个正常人站到镜子面前看不到自己的身影，不吓坏了才怪，除非是隐形人。她想现在就是福尔摩斯再世，恐怕也理不出头绪来。

王鸣鹃有记日记的习惯，前阶段办案的时候，基本上都会把自己的想法整理出来，写到日记里。当她今天想把这些疯狂的事情记录下来的时候，却发现自己前一天的日记竟然写的是准备去省城找朋友玩几天，这可是白纸黑字写下来的。王鸣鹃明明记得昨天自己写的是要找到刘青山拿到办公室的钥匙，准备在里面过一夜看个究竟。她又往前翻看，日记里写了自己暗恋单位的组长，还有自己自从分配到公安局就一直不开心，只不过那是父亲的心愿，她不得不去完成，其实她想做个老师。可她记忆中明明是自己从小就想当个大盖帽，当老师带着一帮小孩子，王鸣鹃想想就觉得烦躁。她像偷看另外一个人的日记那样，竟然怀着一种猎奇的心态看着自己的日记，她想大概世上不会有第二个人会用这种心态看自己的日记了吧。

晚上吃饭的时候，王鸣鹃没有过多的交流欲望，她开始怀着防备的心理面对自己的爸妈。王国强也没多想，毕竟女儿突然之间出现这么大的问题，她的表现再怪异也可以理解。他示意王鸣鹃的母亲多陪陪女儿，毕竟母女之间可以交流的要比父女之间多一些。王鸣鹃觉得母亲这几天也老了不少，只好以自己不舒服为由，躲进自己的房间。

她学着电视里侦探的样子，把自己脑子里的线索都写在小卡片上。又把挂在墙上的挂历反过来，在反面的白纸部分画上了时间线。

根据老林的说法：

1981年9月2日——老林回到厂里，一切正常，并且和刘永住、秦怡在一起加班。

1981年9月5日凌晨——老林从厂里离开。

1981年9月5日——老林回到厂里，听说刘永住和秦怡已经失踪三天了。

根据刘青山、老顾还有刘青山的母亲梁淑珍的说法：

1981年9月1日半夜——刘永住和秦怡失踪。

1981年9月2日——老林回到厂里，有些情绪失控，一直待在厂里。

1981年9月5日——老林离开厂里。

118

打那以后，老林可能由于受刺激，变得失语失聪了。

根据刘永住的说法：

1981年9月5日前——刘永住和老林、秦怡在一起加班。
1981年9月4日半夜或者5日凌晨——老林失踪了。

王鸣鹃试图从这些线索中总结出一些规律，可是她本能地相信刘青山、老顾和梁淑珍的说法，他们的描述和父亲王国强原来说的也不谋而合。可是比较怪异的是，老林说的话却和突然出现的刘永住说的话有些相似，至少在9月5日前大家都在加班这件事上一致。王鸣鹃脑子开始有些混乱了。

再想刘夏的案子，她决定，自己必须见到刘夏，如果这个"刘夏"真的存在，他就和老林具有一样的特质了——既失踪过也失语过。她也发现，刘永住、老林、刘夏这三个人都失踪和重新出现过。

王鸣鹃要求见到刘夏的理由十分充分，一方面自己是个警察，可以辅助调查案子，另外一方面两个人"同病相怜"。王国强十分强烈地想知道刘夏的病是怎么治的，这对于将来帮女儿治病有莫大的帮助。于是刘夏和刘青山一从省城回来，王国强打好电话，当天就带着女儿去了。

进门后，刘青山和他父母都在家，王鸣鹃跟刘青山点点头，可是刘青山的表情比较木然，更像是陌生人之间那种不得已的打招呼。王国强赶紧跟刘家人寒暄，又一次把女儿的来意表述了一下。

刘青山在孩子出了这个事情之后，情绪也异常低落。他把王鸣鹃带到刘夏的房门前，敲了敲门，接着表情尴尬地直接推开了门，因为他刚刚反应过来，刘夏听不见。

王鸣鹃进了屋，随手把门带上。她没有见过刘夏，但是以前通过刘青山给的照片，她见过这个比自己只小了六七岁的男孩子。刘夏比起照片上调皮捣蛋的样子，蔫了很多，脸上失去了往日的活力，正躺在床上默默地望着天花板。他没见过王鸣鹃，看到来了陌生人，干脆扭头冲里，不想理睬。然而，王鸣鹃一踏进屋子就觉出了一股异样，她听见刘夏的鼻孔里发出呼哧呼哧的浓重的呼吸声，明显就是小孩子生气的那种声音。这是她两天以来头一次听到自己说话声之外的声音，也不是自己的心跳声，不是自己的呼吸声。就像是一个生活在黑白世界的人，突然发现有一朵红色的花朵。为了试探刘夏，她轻轻地咳嗽了一声。

刘夏竟然"砰"地一下坐起来，死死地盯着王鸣鹃。王鸣鹃知道他也能听到自己的声音，试探着问："你是刘夏吗？"刘夏竟然"哇"的一声哭了起来："他们都说听不到我说话，我也听不到他们说话，我以为我聋了又哑巴了。姐姐，我能听到你说话，你也能听到我，是不是？"刘夏控制不住自己的音量，王鸣鹃被震得耳朵生疼，她想一定是这些天他养成了大嗓门的习惯，想拼命大声喊让对方听到，可是都无济于事。现在王鸣鹃觉得好点儿了，以前她觉得自己被关在一个隔音笼子里，至少现在刘夏跟她在同一个笼子里。她把准备好的纸笔扔到一边，本来是准备跟刘夏交流用的，现在看来完全用不着了。

她哄了哄刘夏："刘夏不哭了，现在姐姐有重要的事情要问你，你必须仔仔细细地回答我，一个字都不能错，更不能撒谎，你答应我吗？"刘夏像是找到了全世界唯一的知己一样，迫不及待地点头。王鸣鹃本来准备了好多问题写在纸上，现在能说话了，自然是更加方便。她问："刘夏，你还记不记得7月15号那天晚上，你在哪里？就是几周前。"王鸣鹃已经习惯了人们突然说出跟自己的认知完全不一样的话，所以她没有问提示性的问题，比如"7月15号那天晚上你在玻璃厂吗？"刘夏想了想说："是我在杨晓宇家玩的那天吗？我记得这个日期是因为那天之后我说话别人就听不见了。"王鸣鹃赶紧说："你快告诉姐姐那天都发生什么了？"她拿出纸笔准备记下来。

"那几天我跟我爸闹别扭呢，我说让他给我买个游戏机，可是他不肯买。其实我不会耽误学习的，杨晓宇家都有。那天早上我爸给我买完油条，他就走了，我早上吃了一根，给他留个条，说晚上不回家，就下楼去找杨晓宇了。"

一下子有人能听见他说话了，刘夏就说得特别多，看得出来他平时也是个能说的孩子。

"我们俩从早玩到晚，晚上天都黑了，我也饿了，我们就下楼去买东西吃。我提议去玻璃厂里面去看看。这也不能全怪我，杨晓宇也同意了的。"他也知道自己似乎闯了大祸。王鸣鹃笑着说："没事，你继续说，我小时候也爱大半夜的出去玩。"

"我们俩到了厂房门口，没看见看门的老林，我俩就偷偷溜进去了。坐电梯到了八楼，可是楼里黑咕隆咚的，我就把电梯卡住，让他去找个凳子放在电梯口，这样电梯就关不上，我们就能借着灯光看到走廊了。"他咽了口口水。王鸣鹃眼巴巴地看着他，等着他继续。刘夏说："杨晓宇进屋的时候，我就站在电梯口，可是突然之间另外一辆电梯也开门了，好像林老头站在里面，又看不清，因为电梯里的灯突然亮得我睁不开眼睛。我就往我这部电梯里面躲，结果电梯门就关了。后来灯熄了又亮，我吓得够呛。本来想走，可是杨晓宇还在外面，我就把电梯按开，结果没看见林老头，找了半天也没看见杨晓宇。我吓得要死，赶紧顺着楼梯跑回来了。"

王鸣鹃听得心惊肉跳，这些跟自己的经历一模一样。她问："你记得那是几点钟吗？"刘夏说："应该刚好十二点，因为我记得听到走廊里的钟声了。"王鸣鹃又问："你就直接回家了？"刘夏说："是的，我还开了电视看了会儿，可是都没什么节目，关键是，我什么也听不到了。我以为是电视机坏了，就回屋睡觉了。"

王鸣鹃问："第二天呢？"刘夏说："我怕我爸说我，又觉得有点怪，再说有点担心杨晓宇，我就溜回我爸的办公室，转了几圈什么也没发现，我就走了。"王鸣鹃问："你发现什么特别的事了吗？"刘夏想了想："好像没有吧。不过进去时候没注意，差点摔了一跤，把我爸放在书柜上的相框碰倒了。可是我起身想要把它扶起来的时候，我发现那相框又没倒。"王鸣鹃关心的不是这些，她问："你还发现有什么不一样的吗？我是说你周围的人。"

刘夏说："别人说话我就听不见了。我吓了一跳，我见到同学，他们比比画画地说我也听不见，后来急了，他们写字说，昨晚明明在同学家，怎么一声不吭就走了？我就开始纳闷了，我明明跟杨晓宇在一起。我找到杨晓宇，想问他昨晚溜到哪里去了，谁知道他像什么都没发生一样，说明明在同学家里一起玩来着。后来他们就把我送回家里来了。"

王鸣鹃说："家里人有什么不一样吗？"刘夏说："我靠！对不起，我实在忍不住……我从小就不记得我爷爷什么样，头一天晚上我没注意，进屋就睡觉了，第二天我出门又回来，竟然看到我爷爷在家。我爸一直告诉我他跟人跑了，我以为我进天堂了呢。我问我爸，爷爷不是失踪了吗？我爸就说我胡言乱语。"王鸣鹃一点都不惊讶了。她觉得，要是世界上只剩下两个正常人，那就是她和刘夏了。

王鸣鹃掏出来一面小镜子，刘夏吓了一跳，说："别照我，我害怕。"王鸣鹃笑着说："来，咱俩一起。"刘夏说："你可别害怕啊。"王鸣鹃说："姐是警察，胆子大着呢！"两个人把脸凑到镜子旁边，跟王鸣鹃预想的一样，镜子里面空空如也，既看不到自己也看不到刘夏。刘夏吃了一惊："姐，你怎么也没有影子了？"看来刘夏早就知道自己看不到镜子里的自己。

王鸣鹃还想验证最后一个问题："你觉得除了听不见说不出这件事情，你家里人还有没有奇怪的地方，比如跟你以前记得的东西不一样？比如，你爸平时习惯做的菜什么的？"刘夏想了想说："以前我爸每天早上都给我买油条，不知道是我生病还是为什么，这两周我一次都没吃到。我跟他说要吃油条，他说他最讨厌油条，那东西不健康，都是我爷爷才吃，小孩子别吃。还有，我想玩游戏机，他说家里不是去年早给我买了吗？结果还真的就有。"

王鸣鹃忽然想起来最后一件事："你看别人脸上有没有什么特别的地方？"刘夏笑着说："姐，我发现他们头上都有两个黑点，不仔细看看不到。我也懒得说，他们不信我，我让他们照镜子他们都看不到，然后就说我有幻觉。后来我不敢说了，说多了怕她们给我送到精神病院去。""每个人

124

都有？""姐，你就没有。"王鸣鹃仔细看了看刘夏，他额头也没有。她说："刘夏，咱俩能说话能听见这件事情，谁也别说，他们都不相信咱们，咱们保守秘密好吗？"刘夏点点头："姐，你能不能常来看我？我不能说话，天天学写字，憋死了。"王鸣鹃说："行，姐答应你，一定再来看你。"

门不知道什么时候开的，刘青山古怪地看着两个人比比画画却不发出声音来，他有点担心，两个不正常的人凑到一起，会不会更加不正常。他看了看自己用来和刘夏交流的写字本上，一个字都没有。不禁有些纳闷，不知道这两个人在搞什么鬼。不过王鸣鹃走后刘夏的情绪好了很多，这倒让刘青山有点疑惑。让这两个"病人"见面到底是好事还是坏事呢？

刘青山从王国强那里知道了这个姑娘也和自己的儿子一样，就有点同病相怜，跟王国强说了好多省里医生嘱咐过的话，让他回家尽量让女儿放松，不要有压力，尽量随着她，即使说些胡话也不要强烈反驳等等。王国强感激不尽，觉得不虚此行，后座上的王鸣鹃却眉头锁得更紧了。她觉得真相离自己越来越近，可是就像那扣着自己的隔音盒子，好像有个屏障，即便很近了，然而跨不过那个屏障，一切都是徒劳。

王鸣鹃回到家里，觉得还是很有收获，毕竟至少有人可以证明自己没疯。王鸣鹃没有跟刘夏说他失踪的事情，她怕这孩子还没准备好接受这么多稀奇古怪的事情。不过看样子刘夏也经历了不少，而且这孩子挺机灵的，应该注意到了不少自己已经注意到的事情。她在纸上写下了自己的名字和刘夏的名字，又写下了刘青山和他父亲母亲的名字，还有李所长。她把自己的名字和刘夏的名字画了个圈圈在一起，又把其他几个名字圈在一起，中间画了一条直线分隔开来。她苦思冥想，到底中间这条线是什么，把这两组人分割开来。要是以前，可以解释为自己的精神有毛病，可是从自己跟刘夏的交流来看，似乎没什么毛病啊。她抬头看见了镜子，又看了看自己在两群人中间画的线，又想了想自己和刘夏都去过的那间电梯。她觉得问题好像就出在那电梯里的镜子上，刘夏描述的事情也发生在了自己的身上。她决定再去一次玻璃厂。

　　王鸣鹃失去了听觉，凡事异常小心，傍晚她跟父母说出去走走，一会儿就回来，下了楼之后直奔玻璃厂。玻璃厂的小门依然像以前一样虚掩着，王鸣鹃看了看门卫室，里面坐着那个中年人。王鸣鹃突然想起来，自己虽然失去了听觉，可是对方也听不到自己的声音。于是她猫着腰，沿着墙根底下溜了进去。王鸣鹃一边走一边胆战心惊地想："警察没做几天，先体验体验做贼的感觉。"

　　办公楼已经锁住了。由于是夏天，走廊尽头的窗子开着，她身手还算矫健，不费什么工夫就跳了进去。想了想，她还是坐着电梯直奔八楼，楼层越高，被人发现的概率越小。她出了电梯，来到走廊，掏了掏怀里的钥匙，上次向刘青山借的钥匙还在她身上。她想像上次一样，把一部电梯锁住，再按按钮叫来第二部电梯。可是让她意外的是，自己手里的钥匙怎么也用不了，好像完全不对口一样。她蹲下来仔细看了看钥匙孔，发现钥匙孔的豁口是向左的，而自己手里的钥匙凸茬是向右的，别说拧了，根本插不进去。

王鸣鹃有点着急。天还没有完全黑下来，她随手推开一间办公室，推出来一张大椅子，死死地顶在电梯门口。她试了试按向下键，另外一部电梯始终不来，触发的都是被她的椅子顶住的电梯。王鸣鹃不甘心白来一趟，她又推了一把椅子出来放在电梯口，自己狂奔到四楼按了向上键。因为按照一般情况，都是离自己近的电梯优先响应自己的请求，果然没过多久，自己想要的那部电梯来了。她冲进电梯又按下了八楼。电梯门打开的时候她赶紧把自己预先放好的椅子挪了过来，把这部电梯也堵住。她心满意足地看着自己的成果，又转眼望向电梯里面的镜子。尽管已经被镜子吓过几次了，不过这次眼前的景象还是让她挺惊讶的——在镜子里面，她第一眼看到的竟然是自己的背影。

王鸣鹃有点呆住了。她有过这种经历，比如她想照镜子看看自己后面的头发梳得怎么样，只用一面镜子是怎么也看不到的，她必须借助第二面镜子，这样就可以通过面对着自己的镜子，看到放在自己身后的镜子里的影像，也就是自己的后面的头发。不过所有正对着镜子的人，第一眼看到的总归是自己的正像，自己的面部。此时，王鸣鹃发现当自己面对一面镜子的时候，镜子里没有自己，但是透过这面镜子看往身后的镜子时，里面居然有影像，也就是自己的背影。

除此之外，那镜子里的影像一切正常，就像平常一样，延伸到一个小小的黑点。王鸣鹃下意识地看了看摆在门口的凳子的影像，她坐在凳子上面对镜子，镜子里的第一层影像就是一把空空的椅子，从镜子里看到反射后面镜子里的影像的时候，是她坐着的背影。她越发肯定，自己能看到椅子，可是椅子上却没有人，再加一面镜子的时候居然又有人了。这个场景就好像自己在镜子里的影像的某一层被抽走了一样。

王鸣鹃正在愣神，发现远处楼梯口有手电筒的灯光晃动，她急忙推开一间办公室躲了进去。是门卫来检查，他在楼下按了半天电梯，也没有反应，只好爬楼梯上来，嘴里嘟囔着："怪不得电梯不下来，被椅子卡住了，说不定是哪个员工把孩子带来了，在这儿恶作剧。"他把两把椅子放到一边，又在走廊里转了一圈，乘着电梯下楼了。

王鸣鹃没敢开灯，怕楼下看见，不过只有走廊里稍微暗点，办公室由于有窗子，天色还没有完全暗下来，她还能隐约看到屋里的东西。这好像就是她来过的刘青山的办公室，她借着外面微弱的光线，看到刘青山桌面上那个空空的相框，想起来自己曾经借走了刘青山那张他父亲刘永住的照片。想想现在刘青山父亲也找到了，自己要这张照片也没什么用了，就把相框从后面打开，把那张相片放了进去，重新放在桌子上摆好。

王鸣鹃不想放过这次机会，她脑子里还有一件事，那就是听刘夏的描述，上次他出事时好像听到了走廊里的钟声，那应该就是十二点钟。王鸣鹃看了看自己的手表，还有好几个小时。看着门卫晃晃悠悠地回到自己的门卫室，王鸣鹃不得不重复一次自己之前的动作，下楼，挪椅子，靠住电梯。好在保安走的时候，只有一部电梯到了楼下，所以很快她就又恢复好了"作案现场"。她又开始等待。

这次王鸣鹃有所准备，紧张地等待着那一刻的到来。她也不知道为什么，这两部神秘的电梯和镜子总让她觉得有些怪异。她听不到钟声，只能看着自己的手表。指针刚指向十二点的时候，王鸣鹃预想的事情果然发生了，灯光开始变化。王鸣鹃这次没有害怕，仔细盯着周围的变化，她发现一部电梯里面特别刺眼，另外一部稍微暗一些。她清楚地记得上次她是进了那部比较暗的电梯，因为眼睛没有那么痛，她犹豫了一下，这次冲着光更亮的那部走了过去。十几秒钟过去后，电梯恢复了正常。

王鸣鹃按下电梯的向下按钮，她第一个反应就是，听到了电梯启动的声音。走出大楼的时候，她耳边一下子响起了各种声音、风声、鸟鸣、虫叫，庄稼地里的植物簌簌作响。她兴奋地冲着夜空大喊："我又能听见了！"声音回荡了半天。

她这才想起来门卫室还有人，赶紧捂住自己的嘴巴，蹑手蹑脚地走了过去。门卫室里面一点灯光也没有，她也没敢多停留，想赶紧回家告诉爸妈自己没事了。爬上楼梯，她顾不得已经大半夜，咚咚咚地敲门。她太兴奋了，终于能听到自己的敲门声了！

　　门开了，王鸣鹃一下子发现父亲王国强好像老了很多。王国强开门看见是女儿王鸣鹃，一下子激动地搂住她，甚至老泪纵横："女儿啊，你吓死爸爸了，你这几天到哪里去了？怎么你也失踪了？"王鸣鹃一头雾水。她说："爸，我哪里失踪了？我这几天不都跟你们在一起吗？我就是晚上出去散步晚回来了点，你看我，我现在好了，能说话了，也能听见你们说话了。"

　　王国强摸摸王鸣鹃的头说："小鹃，你没说胡话吧？那天晚上我跟你一起去玻璃厂过夜，第二天早上你就不见了。我这个后悔啊，肠子都悔青了，怎么能留你一个人在那儿呢？你快说说都发生什么事情了？这几天县里都翻了锅了，连续丢了两个人，派出所已经把厂子关了，不让人进去。"王鸣鹃满脸狐疑地推开父亲，她好像想起来什么事情，走进厨房，照了照镜子——她清楚地看到了自己的俊美的脸。

　　她拉着父亲坐下，严肃地说："爸，我问问题，你回答，别问为什么，行吗？"王国强见女儿失而复得，赶紧说："成，你说什么都成。"王鸣鹃问："我最大的志向

130

是什么？"王国强说："当警察。"王鸣鹃说："我有没有想过当老师？"王国强说："从来没提过，我记得你烦当老师，说没那个耐心。"王鸣鹃问："玻璃厂是不是有个孩子刘夏失踪了？"王国强说："是啊。"王鸣鹃问："刘永住跟刘青山住在一起吗？"王国强说："姑娘，你傻了？刘永住不是十几年前失踪了吗？"王鸣鹃又问："玻璃厂原来打更的是不是叫老林？"王国强说："是啊，不是最近走了吗？"王鸣鹃又盯住老爸的脸，仔细看了一会儿，没有发现两个黑点。

王鸣鹃轻轻舒了一口气，她自己的认知都回来了。她又问了一句："丢了的那孩子，刘夏，找到了吗？"王国强摇摇头："你快说说你是怎么丢的吧。"王鸣鹃觉得自己解释不了，因为自己一直没丢。她试探着问："爸，我是哪天丢的？"王国强说："那天晚上你让我睡门卫室，我也是累了，很早就睡着了。早上醒了在楼下喊你，后来又到楼上找你，都没找到。我急得要命，都报警了。谢天谢地，你总算回来了。"

王鸣鹃顾不得跟王国强解释了，估计也没法解释，她说："爸，我不会出事的，我是成年人，再说，我是警察。"王国强还想再说什么，可是王鸣鹃已经推门而出，迅速回到了自己的房间。她必须养精蓄锐，第二天，直奔刘青山的家。

第八章　王鸣鹃的设想

人是很奇怪的动物，失去了才知道幡然醒悟。

得到和失去往往就是一瞬间，可造就这一瞬间，

却是日积月累的结果。

刘青山见到王鸣鹃的时候，吓了一跳，急忙把她让进屋子里，问："王警官，听说你也失踪了？"王鸣鹃摆摆手，她急着说："刘夏回来了吗？"刘青山诧异地说："没有啊，你见到他了？"王鸣鹃犹豫了一下，现在还没法解释她的经历。她看了看屋子四周说："就你一个人在家？"刘青山见问得奇怪，就说："王警官，我妈出去了，你找她有事儿？"王鸣鹃摇摇头，说："你跟我去一次玻璃厂吧。你给我的钥匙有点问题，我想再确认点事情。可能对找到你儿子有帮助。"刘青山只要一听到跟儿子有关的事儿,立马一百个答应。

到了玻璃厂,门口已经拉上了警戒线。刘青山有点犹豫,王鸣鹃说:"别怕,我就是警察。"两个人进了电梯,王鸣鹃拿出钥匙来,很顺利地就插了进去。她低头仔细看了看锁孔,跟自己手上的钥匙是匹配的,此刻她心里似乎已经有了些想法。她又拉着刘青山去他自己的办公室。进了办公室,她冲到办公桌前拿起了那个相框。

刘青山对王鸣鹃的行为感到有些诧异,不知道她在搞什么鬼。他说:"王警官,上次你拿我的相片还没还给我,还需要用吗?那张照片对我来说挺珍贵的。"王鸣鹃看着手里空空的相框,她明明记得昨晚把相片塞进去了。她拉着刘青山坐下,严肃地问:"你儿子失踪后,你有没有看到些比较奇怪的事情?任何不符合常理的事情,你都要告诉我,哪怕说出来别人觉得你精神不正常的那种。"

刘青山说:"我还真有,我都去看医生了,医生说是我太紧张。"王鸣鹃着急地说:"你快说说你都有什么症状?"刘青山有点不好意思地说:"我可能出现了幻觉。先看到镜子里的东西跟现实的不一样,再看又一样了。还有我觉得我好像有点人格分裂,一会儿想这样,一会儿想那样。"王鸣鹃没在意刘青山说的人格分裂,她更在意刘青山说的镜子,她问:"你给我举个例子,你都看到什么了?"

刘青山说："比如我在有天晚上好像通过电视屏幕反光看到我儿子了。还有一次，透过那面镜子，"他指了指挂在墙上的那面古老的镜子，"我看到这个相框倒了，我明明是把它立着放的，可是我回头，那相框又是立着的。我还以为我眼睛有毛病。"王鸣鹃翻了翻自己记录的刘夏的叙述，刘夏说他那天半夜曾回家看了电视，第二天也去过刘青山的办公室并且把相框碰倒了。

王鸣鹃脑子里产生了一个她自己都不敢相信的想法。她走到那面镜子前，面对着镜子，透过镜子看着刘青山，让他把那个相框转向自己。刘青山不知道王鸣鹃葫芦里卖的什么药，只好照做。王鸣鹃在刘青山把相框转过来的时候，惊讶得差点叫出声来。透过镜子，她看到那相框里面的相片好好的，正是自己昨晚放进去的，还稍微有点歪。她张大了嘴巴，没有转过头去，就背对着刘青山问："你看到相框里有东西吗？"刘青山丈二和尚摸不着头脑："不是你把相片拿走了吗？"

王鸣鹃让刘青山过来，指着镜子里的相片说："你看，我不是还回去了吗？"

刘青山半信半疑地凑到镜子前，果然，透过镜子，他看到那张他刚刚才摆放好的空空的相框里面，竟然夹着那张父亲的照片。刘青山也不是第一次见到这些奇奇怪怪的现象了，这一次终于有人跟他看到了同样奇怪的东西，他甚至还有些欣慰。他特意去医院看过眼睛，如今肯定是眼睛没问题了。他没有王鸣鹃脑子那么灵活，他问："王警官，这到底是怎么回事？"王鸣鹃也为自己的发现和推断的正确感到高兴，甚至有点激动，像发现了新大陆。她拉着刘青山坐到桌子旁，拿出纸和笔来。首先，还是谦虚地说："这些都只是我的推想，至于验证，我们只能用我目前掌握的一些奇怪的现象来套，所以你有什么想法也可以说。"刘青山觉得这口气更像是在搞学术研究。

王鸣鹃又说："我不知道你读不读科幻小说，不过如果我说的话让你觉得有些不可理解，甚至荒谬，也别觉得我有精神病啊；因为我们确实都解释不了所看到的现象，我更有很多你还没经历过的稀奇古怪的事情，等下再跟你说。"王鸣鹃指的是自己"失踪"那几天发生的事情。她一向觉得自己说话简单明了，可是不知怎么，在试图解释这个问题的时候她变得啰里啰唆。

王鸣鹃首先问他："这些事情目前都跟镜子有关，不管是家里的镜子，还是电梯里的镜子。我先问你个问题，假如这世界上有一面巨大的镜子，无限大，那是不是不论你躲到哪里，都会看到你自己在镜子里的影像？"刘青山点了点头，他说："其实不需要无限大，任何一面小镜子都可以在另外一面成像，不管被成像的人能不能看到。"王鸣鹃笑了笑说："我这是班门弄斧，你是老技术员了。那我再问你，按照这样的理论，你不论在世界上的任何一个角落，都应该有自己的影像在镜子里，那什么时候你的影像会没有了呢？"刘青山不知道王鸣鹃到底要问什么，他摇摇头。

王鸣鹃得意地说："除非你进入镜子里！"刘青山摇摇头："你这姑娘，开始胡说八道了吧？什么进入镜子里？"王鸣鹃说："你别急。按照常理来说，镜子里的东西是不是跟我们现实里的东西一模一样？"刘青山说："是啊。"王鸣鹃说："可是要是不一样了呢？哪怕只有一件东西不一样，哪怕只有那张照片不一样，就能说明一个问题。"刘青山问："什么问题？"王鸣鹃说："我们平时看到的镜子里的影像，看起来是我们的影像，其实是另外一个世界。"

刘青山越听越糊涂。王鸣鹃说："我一开始也不相信自己的想法，可是最近发生的事情让我觉得只有套用这个理论才说得通。比如说，"她顿了顿，"我前几天看到刘夏了。"刘青山不相信自己的耳朵："你说什么？刘夏？他在哪儿？"王鸣鹃说："你别急，我知道他现在在哪里。但是你务必听完我要说的事情。"刘青山为了儿子什么都愿意相信。

王鸣鹃继续说："我看过很多小说，关于平行世界的理论，不过我没有什么物理知识，纯粹是瞎起劲儿。然而，最近发生在我身上的事情，我觉得套用平行世界的理论最靠谱了，当然，不完全是，应该叫作镜面平行世界。假设我们生活在镜子外面，镜子里面还有一个跟我们一样的世界，我们照镜子的时候所看到的，看起来都是我们自己的影像，其实他们都是独立的有思想的人，就跟我们一样，只不过某种联系让我们必须同时同地出现在某一个地方，以至于我们可以随时看到镜子里的自己，不至于被惊吓到。可是，"王鸣鹃顿了顿，她越来越觉得自己像个教授，关键的地方总是要卖关子，"某一天这两个世界之间突然打开了一扇门，又恰好有个人从这扇门的这边穿到了另外一边。"王鸣鹃用笔在白纸上画了一条直直的线，代表镜子，又在直线的左边画了三个圈，里面分别写上"王鸣鹃""刘夏""刘青山"。然后又在直线的另外一边画上三个对应的虚线圈，里面也分别写上三个对应的名字。

"假如刘夏穿到了这个世界，"她在左边刘夏的圈上画了个箭头指向右面："那么我们看到的刘夏就失踪了，可是镜子里面的人却能看到一个刘夏。"刘青山越听越感到离奇，可是跟儿子有关，他也只好耐着性子听下去。"你知道镜子什么都能反射出来，可有一样，声音就不行，这就可以解释为什么我见到刘夏时我可以听到他的声音，他也可以听到我的声音，可是我们听不到他们世界里的任何声音。因为我和刘夏来自同一个世界。"

刘青山忍不住问："你听不到声音？刘夏也听不到声音？这到底是怎么回事？"王鸣鹃越说越起劲："你先别打岔，声音的事情我等会儿再跟你说。"她指着那个虚线的刘夏说："如果一个人进入镜子里的世界，那他现实中的影像哪里去了呢？就像我刚才问你的问题，如果你在镜子外面，走到哪里，镜子里都有你自己的影像，那是你自己的倒影；可是如果有一天你进入镜子里面，镜子外面的本体没有了，所以你进入镜子里的时候，你的那个虚像也就消失了。在那个世界里，人看你以为还是你，其实他们看到的已经从一个虚像变成一个实体了，所以当我在那个世界里看着镜子的时候，我看不到我的影子，因为我的影子已经没有了，我自己就在影子的世界里。"她看刘青山有点不耐烦了，赶紧切入正题说："所以我认为，刘夏跑到镜子里去了！"

刘青山听她这么胡说八道一通之后，最后的结论是刘夏跑到镜子里去了，气得甚至想笑出来："王警官，你没病吧？"王鸣鹃说："我知道你不信，可是有几个细节我记得清清楚楚。你说你那天半夜似乎看到电视机屏幕照出后面有人，我问过刘夏，他那天半夜跑回家就是准备看电视，所以你看到的应该是镜子世界里的他；你说你在镜子里看到相框倒了，刘夏说第二天他跑回你办公室去找杨晓宇，把你相框弄倒了。我猜这两个世界有某种内在的联系，让所有的事物都对称地出现，可是这种平衡被刘夏打破了，他只存在于那边的世界，不存在于这边的世界，所以你会从镜子里看到些跟镜子外面不对称的东西。至于怎么恢复原样，我也不知道，我的理论不足以解释更多了。"说完王鸣鹃心满意足地看了看目瞪口呆的刘青山。

"那……到底从哪里进到镜子里的世界去？"刘青山为了儿子，不由自主地跟着王鸣鹃的思路问。王鸣鹃说："问得好。那个地方，我觉得就在你们的电梯轿厢里，当两部电梯的镜子面对面无限映照彼此的时候，那扇大门就在午夜十二点打开了。"王鸣鹃说这话时故意带了点悠悠的腔调，更像是电影里的女巫。她是开玩笑的，只不过她几次遇到问题，都是在十二点左右，所以她觉得应该跟时间有点关系。

刘青山被拉到办公室待了两个小时，就听到这番理论，又好气又好笑。王鸣鹃知道他不相信，她说："我知道你不相信我，只有你自己看到你才会相信。我告诉你，刘夏在那个世界被送去省城看病，这几天刚回家，按照我的理论，你这几天多去刘夏的房间看看镜子，也许就会看见他。等你相信我之后，我们再说怎么找刘夏。"说完，她独自下楼走了。

其实王鸣鹃也是在跟刘青山解释的时候，一边解释一边想到了更多。她对自己完美的解释心满意足，而且惊讶于自己竟然能解释这么离奇古怪的现象。回到家里面对镜子，她不禁把手指放在镜子上，似乎在跟镜子里的自己对话："你到底是个什么样的人呢？你怎么会想去做教师？是我决定了你的行为吗？那你岂不是很痛苦？你以为你做的选择都是你自己的选择，其实是我给你做的选择。"想到这里，她觉得这镜子让人很悲哀，我们以为在镜子里见到的是自己，其实却是另外一个完全陌生的人，只不过长相相同罢了。

刘青山回到家里，梁淑珍问："听说王警官也失踪，后来又出现了，那跟咱们刘夏有啥关系吗？带回来什么线索了？"刘青山挠挠头，不知道怎么跟母亲解释，只能摇摇头说："王警官说她只是到省城里去玩了几天，虚惊一场，刘夏还是没什么线索。不过妈你别着急。"看着儿子孤独的样子，梁淑珍忍不住问了一句："儿子失踪了吴美萍也不闻不问，最起码的当妈的样子都没有，这也太不像话了。"刘青山说："妈——你别说了，每个人都有权利追求自己的幸福。她本来跟我结婚的时候就不是很满意，强扭的瓜不甜，你硬把我们凑到一块儿不会幸福的。"梁淑珍看了看儿子："别以为我不知道，你这么多年没找，是不是心里还惦记她？你不往前走，总是停在原地，别人可是越走越远了。"

刘青山不愿意提起这段往事。刚结婚那阵他好像跟吴美萍关系还挺好，很快就有了刘夏，那时候一家人团团圆圆，县里刚有照相馆的时候就去拍了张合照，别人都羡慕不已。可是父亲失踪后，一切都变了。吴美萍最后跟他摊牌，说自己跟别人好上了，要离婚。刘青山舍不得，可是没办法，看吴美萍心意已决，连孩子都不要，只好自己硬挺着撑起这个家。他一直期待着吴美萍回心转意，可是没过多久就传来吴美萍再婚的消息。刘青山还是等，他觉得只要自己肯等，吴美萍终究会有回心转意的一天，或者，儿子渐渐大了，不看僧面看佛面，自己总会有机会见到吴美萍的。

　　想到王鸣鹃的理论，刘青山有点不置可否。他躺在床上，看着墙上的镜子，想想反正也无事可做，便拿起镜子照了照自己。他发现自己的确老了很多，两鬓竟然开始生出白发。儿子失踪这段时间，他反省了不少，以前那些自己以为是对的事，为孩子好的种种做法，现在看来似乎确实欠妥当。人是很奇怪的动物，失去了才知道幡然醒悟。得到和失去往往就是一瞬间，可造就这一瞬间的，却是日积月累的结果。

　　他翻了个身，想起身关灯睡觉。就是那无意中的一瞥，他看见了镜子里有人影晃动。他赶忙拿起镜子转动角度，竟然看到了儿子满脸郁闷地推门进来。他不敢回头，生怕再也看不见儿子了。他想喊儿子，可是喊了几声"刘夏"，他意识到他们处在隔得死死的两个世界。两周没有看到儿子，此刻再见竟然恍如隔世，他几乎要伸手去碰刘夏，触到玻璃的一刹那，才觉得冰冷。这时门突然打开了，梁淑珍进来说："青山，怎么了？做噩梦了？我听你在喊刘夏。"刘青山打了个冷战，手里的镜子落在地上，摔了个粉碎。刚要起身，梁淑珍说："你怎么这么不小心？怎么还把镜子放到床上，扎到怎么办？别起来了，我去把玻璃碴子扫掉，你睡吧，睡吧。"刘青山再看这屋里，空空荡荡，什么都没有，好像自己的梦被摔了个粉碎一样。他决定无论怎样，明天都要再去见见王鸣鹃，真的也好假的也好，只要能见到儿子，什么事情他都愿意试一试。

　　王鸣鹃回到家后，心里很得意，至少为自己的发现感到扬扬得意。她看着自己画的时间线和各种线索，觉得成就感满满的。可就在她高兴的时候，有那么一瞬间，她感觉头疼欲裂，眼睛看什么东西都影影绰绰，有点像电影《人鬼情未了》里面那样。她从自己床上爬起来，回过头来，却好像看到另外一个自己还躺在床上。她被这种感觉吓了一跳，差点摔倒。勉强扶住桌子的一角，她脑子里却有些迷糊，想着："跟老爸说了好久了，到底能不能让我当个教师？"脑子里另外一个声音却在说："刘青山的案子好像有点着落了，只要他相信我，一定能帮他找到他儿子的。"第一个声音又说："派出所我真是一天也不想待了，一群男人，就我一个小姑娘。"另一个声音又说："这个案子破了，我应该立大功，这也算是奇案了。"王鸣鹃就这样被两个声音吵得无法入睡。她爬起来翻开日记本，想写日记，可是她的手就那样僵在半空，不知道下笔写什么；或者她知道要写些什么，但是由于两种力量的角逐，她用力地把笔点在笔记本上，戳了深深的一个点，就是写不出一个字。

　　她有些气馁，觉得自己神志不清，跌跌撞撞地冲到卫生间，打开水龙头，将凉水狠狠地往自己脸上扑。她抬头看见卫生间的梳妆镜。她一动不动，却似乎看到镜子里的自己转身离去，又忽然停住，回头朝她诡异地笑了一下。王鸣鹃不知道自己看到的是真实还是脑子里的幻象，她想，也许这是她两次经历那些诡异事件的后遗症吧。那面镜子是扇橱门，她打开后，从里面拿出两粒安眠药，扔进嘴里吞了下去，挪回自己的房间，歪歪斜斜地倒在床上，昏睡了过去。

第二天一大早，刘青山就来找王鸣鹃。他说："我太想我儿子了。实话实说，我没有百分之百相信你，可是我知道必须相信你。你告诉我吧，怎么才能找回我儿子。"王鸣鹃还有些头疼，似乎还没有从昨晚的噩梦中清醒过来。她看着刘青山问："你好像跟我说过，你觉得命运在左右你？"刘青山看着王鸣鹃，觉得她文不对题，不过还是耐心地说："是的。我不是说过我去看过医生吗？在某些事情上，我总是犹豫不决，一会儿想这么做，一会儿又想那么做，有时候两种想法竟然是截然相反的。我以为大概是因为我比较爱犹豫的性格。"

王鸣鹃若有所思地说："也许你真的是在跟另外一个自己做斗争呢。"她看了一眼镜子里的自己。就这几天，自己似乎也有些憔悴了，本来明亮的大眼睛变得黯淡了，还有一层黑黑的眼圈。刘青山看王鸣鹃状态不好，就说："要不王警官你休息吧，我看你状态也不好，我过几天再来找你。实在不好意思，我真的是太着急了，我可以等。"

王鸣鹃看着刘青山急促的样子，他虽然说着可以等，但是表情急得恨不得马上见到儿子，哪里是可以等的样子？刘青山刚要走，王鸣鹃说："我没事，咱俩今天晚上见，我再跟你细说。你十点钟来楼下接我，咱俩去你的厂子。"

　　刘青山压制住自己兴奋的内心，还是忐忑地问："王警官你真的不要紧吗？"王鸣鹃说："没事，我是唯物主义者，是福不是祸，是祸躲不过。"刘青山觉得好笑，唯物主义者是不应该相信福祸之说的吧。但他看王鸣鹃意志坚定，也没再多说，就回答道："那好吧，晚上见。"说完他急匆匆地回去了。

　　王鸣鹃回到房间，看着自己画的图，想着自己杜撰出来的理论，她不由得自己问自己："当我进去的时候，另外一个我在哪里呢？看样子是凭空消失了？还是她的灵魂意志仍在某处？"她搞不清楚自己怎么会胡思乱想这些没用的。她忽然想到了老林，她的这些理论用来解释刘夏和自己似乎很妥当，可是老林，好像又不太一样。哪里不一样，她又说不出来。

　　王国强早起锻炼回来，看到王鸣鹃已经起来了，赶紧下厨房给她做了早饭。看着王鸣鹃的黑眼圈，王国强吓了一跳："小鹃，你这是怎么了？昨晚没睡好？要不要再休息休息，李所长已经跟我说过了，让你在家休息几天，先不要去上班。"王鸣鹃不想让父亲担心，她摆摆手："爸，我没事，你别担心。"王国强叹了口气："你这孩子就是太要强，什么事情都想急着赶着做完。"王鸣鹃抬头问父亲："爸，我小时候有没有那么一瞬间，或者一段时间，特别喜欢当老师，而不是当警察？"王国强有点纳闷，他摇摇头："我印象中，你一直要当警察，从来没提过要当老师。怎么？累了想转行？"王鸣鹃摇摇头。她忽然想起来一件事，把王国强拉过来坐下，说："爸，我考考你关不关心我。"王国强说："好啊。"王鸣鹃就把在镜子里时考过父亲的几个题目都拿过来，让王国强做一遍。王国强虽然有些纳闷，还是按照自己的印象认真地回答了一遍。

王鸣鹃拿过答案，王国强说："小鹃，你的这些问题太小儿科了，有没有有难度的？"父亲的答案跟自己想象的一模一样，王鸣鹃看着父亲，忽然眼睛有点湿润。如果父亲反过来问自己这些问题，她能答出来一两个就不错了。她再没吭声。王国强问："你这几天不见了，是不是查到了什么线索？你以后再也不能这样了，我看你情绪不好，还没说你，不过你必须接受批评。你这样的话，我跟你妈担惊受怕，都一把年纪了，可受不起这个。"王鸣鹃默默地吃着饭，嘟囔着说："爸，不会了，你放心，我有些线索，还不确定。刘青山早上来找过我，晚上我们俩还要出去一趟。"王国强知道女儿的倔脾气，不过这算是女儿工作的一部分，他也不能阻拦，只是说："我跟你妈就你这么一个孩子，你可得小心。你的一举一动，我们都记挂着呢。"王鸣鹃看着父亲失神的样子，心里有点疼，点了点头。

父亲又说："玻璃厂的案子闹得沸沸扬扬，现在里面一个工人也没有，我看已经贴出告示，厂子已经卖给私人了。"王鸣鹃对这些不感兴趣，她似懂非懂地点点头，也没心情再向父亲追问下去。

第九章　刘青山的世界

≡
≡
≡

这条路他这大半生都在走，

从来没有害怕过，

可是今天却格外让人毛骨悚然。

≡
≡
≡

王鸣鹃一整天都觉得有点迷糊，在床上躺了一天，到晚上才一轱辘爬起来，吃了点东西。下楼的时候刘青山已经在等着了，王鸣鹃说："你怎么这么早就来了？"刘青山不好意思地说："我心里着急，又不想打扰你，所以就早早地来了，在这儿等着呢。"

　　王鸣鹃知道他盼子心切，她边走边把头发扎起来，跟刘青山说："我跟你说一些你可能会遇到的问题，你自己心里有个准备。"刘青山点头。王鸣鹃说："你要准备好听不见别人说话，别人也听不见你说话，跟人交流都要用纸和笔。你要准备好看不到镜子里面自己的身影。"王鸣鹃想了想，从怀里掏出来上次刘青山给她的钥匙，她说："这把钥匙是你借给我锁电梯用的，现在还给你，它能开我们这里的电梯，可是那个世界的就打不开，因为钥匙和锁孔正好左右相反。"刘青山已经习惯了，他不管王鸣鹃说什么，就像个小学生，不理解，只是努力地记住。

盛夏的夜晚，还是有些闷热，王鸣鹃怎么也没想到这条路自己会来来回回走这么多遍。她没多说话，到了玻璃厂门口，偌大的告示已经贴出来，白纸黑字地写着厂子变更事宜。刘青山叹了口气："我知道这一天迟早要来，没想到来得这么快，我们这些人都要下岗了。"不过他又想，这些日子，他明白了，什么都没有儿子重要，下岗算什么？他跟自己苦笑了一下，快步走到王鸣鹃前面，帮她把小门拉开。

两个人径直进入办公楼，王鸣鹃说："你把两部电梯都打开锁住，我们就在这里等着。"刘青山一切听从王鸣鹃的指挥。厂子里已经没有任何人了，卖给私人之后，厂子贴出告示，这段时间所有员工暂时放假回家，等厂里整合完毕再通知。在此期间任何人不得擅动厂子的财产，尽管这样，一些老员工还是把一些没锁的办公室里面的东西搬了出来，走廊里散落一些办公文件、纸张、文具，显得异常凌乱。王鸣鹃问刘青山："要是厂子黄了，你准备干什么去？"刘青山说："不知道。我不像你是吃国家皇粮的，我现在一下子饭碗没了，也不知道能干啥。不过这些比起找回我儿子来说，都是小事，我压根都没放在心上。"王鸣鹃说："有时候手里有的东西反而是你的牵绊，比如一份工作，你扔了可惜干着难受，要是索性没了，倒是可以自由自在地走自己想走的路了。"刘青山思索着王鸣鹃的话。他从来没有想过要走自己的路，做自己喜欢做的事情，似乎人生中这一次坚定地寻找儿子才是自己第一次真正想要做一件事。

午夜时分，楼道里的钟声响起，王鸣鹃看到两部电梯的灯光开始异常，她知道那扇奇异的门就要打开了。刘青山被这突如其来的光亮吓了一跳，王鸣鹃指着左边稍微暗一点的电梯说："快，朝那个方向走。"刘青山摸着电梯的门，踏进电梯，王鸣鹃跟着他也向电梯里走去。可就在眼看要步入电梯的时候，王鸣鹃的脑袋里就像炸了锅一样，两个声音吵得她头疼不止：

"我要去做老师，警察有什么意思？"

"案子就快结了，我必须帮助刘青山找回儿子。"

"小县城能有什么发展，上次去省城看我的同学，他们发展得多好！"

"像父亲一样做个平凡的警察，这样的生活最好了。"

……

王鸣鹃受不了这种疼痛，一下子瘫坐在地上。强光散去，一切恢复正常的时候，她抬头看刘青山走进的那部电梯，里面空空如也。王鸣鹃知道刘青山已经去到镜子里的世界，没能跟上他，她有些自责，可是也没办法，只好蹒跚着走到外面，呼吸了些新鲜空气，拖着疲惫的身躯回家了。

刘青山在强光渐渐暗淡下来之后回过头，之前王鸣鹃站的地方空空如也。他走出电梯，整个走廊都空空荡荡的。他喊了两声"王警官"，可是只听到自己的声音，四周静得出奇。他忽然觉得王鸣鹃抛弃了他，又担心王鸣鹃说的事情是真的，摸了摸口袋，想起那把王鸣鹃刚还给他的钥匙，他伸出手，战战兢兢地把钥匙插进电梯的锁孔。让他崩溃的是，刚刚自己亲手锁住的电梯，如今钥匙孔和钥匙竟然不匹配了，仔细看时，竟然真的是豁口一个向左一个向右。

刘青山傻了。他只好硬着头皮沿着那条小道往家走。这条路他这大半生都在走，从来没有害怕过，可是今天却格外让人毛骨悚然。他眼睁睁地看着那些飞鸟从头上飞过，却像哑了一样，没有一点声音。他只听到自己唰唰的脚步声一直跟随着自己。到了自己家门口，他停了下来，喘了口气，想用自己的钥匙开门，却怎么也插不进去。无奈，他只好大半夜的敲自己的家门。

门打开了，刘青山张着嘴巴说不出话来——刘永住站在门口，打着哈欠，见到刘青山一点惊讶的表情也没有，只张张嘴说了什么，就转身进屋了。刘青山这回真的傻了：
"爸！"他喊了一声，可是刘永住像是什么也没听到。刘青
山把灯打开，拉着父亲的手大喊："爸，你怎么回来了？这
些年你去哪里了？"刘永住这才意识到儿子好像有点不正
常，他赶紧把梁淑珍也叫起来，说："青山这是怎么了？怎
么好像跟刘夏犯了一个毛病？"梁淑珍看着儿子也光张嘴不
出声，急得哭了出来："你们老刘家是犯了什么邪，一个犯
病还不够，怎么还又出来一个？"刘永住说："死老太婆，
别瞎说，先搞清楚是怎么回事。"梁淑珍一把鼻涕一把泪：
"哪还能搞清楚？都说不出话来了。"

　　刘青山这一刻竟然忘记了自己是冲着儿子来的，他掏出
纸和笔写道："爸，这些年你去哪儿了？你过得好吗？"刘
永住拿着这张纸条，皱着眉头，给梁淑珍看："这孩子，怎
么脑子糊涂了？我去哪里了？自从你离婚，我不是一直跟你
一起住，给你带孩子吗？你失忆了？"刘青山此刻觉得父亲
解释或者不解释都没关系，他对父亲的印象从来都是那张微
笑着跟县长握手的照片，他现在就想仔细看看父亲。梁淑珍
说："他是不是因为刘夏的事情受了什么打击，你们老刘家
是不是有什么遗传病史啊？"刘永住恼怒地说："你就别跟
着添乱了，我怎么知道？我这些年有哪里不正常了？"

　　刘夏的房门不知道什么时候开了，刘夏愣愣地看着父
亲，他小声说："爸，你听得到我说话吗？"刘青山听到儿

子的声音，简直不敢相信，他缓慢地转回头，看见儿子就像往常一样睡眼惺忪地站在自己卧房门口。他揉揉眼睛，确认自己没看错，一把冲了过去，抱起儿子说："刘夏，爸爸听见了爸爸听见了，我可找到你了，你怎么一声不吭就走了？爸给你买游戏机了。"刘夏也觉得诧异，这个"爸爸"突然之间变得能听到自己的声音，就像那天来过的那个警察姐姐一样。他说："爸，我没走啊，不是一直在家里吗？你怎么突然能听到我的声音了？"刘青山什么也不想解释，就想紧紧地搂着儿子。刘永住和梁淑珍两个人面面相觑，看着刘青山父子二人就像在演哑剧。

睡觉的时候，刘永住和梁淑珍商量："这爷俩看样子是犯了同样的毛病，要不找医生来吧？"梁淑珍说："不会是得了精神病吧？会不会把咱俩也传染了？"刘永住说："不要瞎扯一些有的没的，赶紧睡觉，有什么事情明天再说。"梁淑珍又说："吴美萍打过好几个电话了，说孩子生病她惦记，要来看看，你说到底让不让她来？"刘永住叹了口气："当初要不是你看不上她，青山也不至于和她离婚。怎么说也是咱们对不起人家，孩子也是人家的，你有什么权利不让她看？"梁淑珍恨恨地说："她就长着一张狐媚的脸，青山被他迷得不行，结婚的时候我就不同意，都是你，惹了这么多祸。再说，离婚那也是青山的决定，都是成年人了，我说的话只能是意见，他最后也看清了吴美萍，不想要她了，怎么能把责任推到我头上？"梁淑珍还在兀自喋喋不休，刘永住却已经翻个身起了呼噜。

刘夏问刘青山："爸，我想问你，爷爷说他一直跟我们生活在一起，你也是这么认为的吗？"刘青山有点不知所措。他不知道是刘永住精神错乱了，还是真的像王鸣鹃说的那样，自己已经到了另外一个世界。他说："刘夏，根据我的记忆，我们已经跟你爷爷分开有一段时间了。不过他可能也有他自己的苦衷，先别急着判断，多听多看再说。"刘夏说："多看没问题，多听我就不行了。"

第二天早上，刘永住正在忙活早餐的时候，门铃响了。刘永住把门打开后愣了一下，吴美萍站在门口。她有些尴尬地说："爸，我真的是太想儿子，所以就冒昧地来了。"刘永住也没多言语，侧身把她让了进来。梁淑珍听见门响，一边从卧室走出来一边问："这么一大早的，是谁来了啊？"看见是吴美萍，她忽然语调提升了八度："你来干什么？不是说过了不许你再进我们老刘家的家门吗？"吴美萍急得差点哭出来，她说："妈，你别这样。"梁淑珍说："停，别叫我妈，我可不是你妈，你出了这个家门就别再回来。"刘永住拉着梁淑珍说："走走，咱俩到楼下去买点油条，你别跟着掺和了。"梁淑珍还要挣扎，已经被刘永住拖到了门口，她嘟囔着："你这个死老头子，你拉我干什么？我还能不能说话了？"刘永住一把把门关好，不由分说地把梁淑珍拉下了楼。

刘青山和刘夏昨晚挤在一起睡的，早上爬起来推开房门，他就看到一张美丽但是有些苍白的脸，最关键的是，在他和她对视的那一刹那，他感到了她眼里消失已久的柔情。刘青山看见吴美萍的嘴唇动了一下，可是他听不到，不过没关系，他能看出她眼中关爱儿子的神情。她冲到儿子的床边，抚摸着儿子的额头。

刘青山就那么靠在门口愣愣地站着，这一幕他已经很久没有看到过了，这是他印象中吴美萍绝情地离开他之后第一次回来。他以前曾经在街上撞见过吴美萍，可是她都冷冷地装作没看见，即使他身边带着刘夏，她都不会多看一眼。他不明白这个女人怎么突然之间对孩子这么关心，而且他知道这种关心不是装出来的，因为真正的关心，一个眼神就够了。

刘夏蒙眬地醒了，觉得额头凉凉的，睁开眼睛。他认识母亲，可是从他有记忆以来，母亲从来没有这么近距离地接触过自己。她眼睛里还噙着泪水，看见刘夏醒了，有点不好意思地缩回自己的手。刘夏看了看站在门口的父亲，刘青山说："跟你妈好好待一会儿。"说完就转身离开了。吴美萍顺着刘夏的眼神望向门口，刘青山已经出去了。吴美萍听说了儿子的病情，知道他听不见也说不出，就从自己的包里掏出来一个本子，她写道："儿子，原谅妈这么晚才来看你，妈对不起你。"吴美萍边写边哭，泪水浸湿了字迹。刘夏对这个本应该很熟悉，事实上却很陌生的人很有好感，至少那种他从未体验过的母爱如今在这个无声的世界将自己紧紧地包围住了，他竟然感到异常的温暖。其实一个人对你好，未必真的要把你捧上天，有时候只要她的一个眼神一个动作就足够。

刘夏拿过笔，写道："妈……"吴美萍止不住大声哭了起来："我都没有听你叫过我一声妈，现在有机会，可是你却说不出话了。"刘夏继续写："妈，你别哭，我没事儿。妈，你真年轻，好像跟我小时候看的照片一样。"吴美萍止不住破涕为笑："跟你老爸一个样，油嘴滑舌的。"吴美萍也顾不得刘夏写什么，捧着刘夏的脸看不够，又一下子把他搂进怀里。刘夏有点不知所措，不过这样的举动并不让他觉得尴尬，反而觉得那么熟悉，那么自然。

刘青山在门口咳嗽了一声，刘夏抬头看着他，刘青山说："你去洗脸刷牙，让你妈也一起来吃饭吧。"

三个人坐在一起，无声地看着彼此。这些年不见，吴美萍有些老了，可刘青山觉得她还跟自己的印象中差别不大，留着长发，戴着眼镜，颇有文艺女青年风范。他好久都没有这种一家三口人坐在一起吃饭的体验了。刘青山起身拿过纸笔，犹豫了一下，还是写给吴美萍："美萍，你这些年过得好吗？追求到你想要的幸福了吗？希望你一切都好。真没想到我们是在这样的情况下再见。"

　　吴美萍看着刘青山的字，有点诧异，她写道："青山，你也听不见了？这病是遗传吗？能不能治好？要是缺钱的话，我可以垫上。什么幸福不幸福，是我阻挡了你追求幸福吧。当年的事情都过去了，不过我清楚地记得是你把我扫地出门的。"写到最后一句话的时候，她幽怨地看了刘青山一眼。刘青山有些模糊，他想用王鸣鹃的理论说服自己，告诉自己眼前的这个人不是自己深爱着的吴美萍，可头脑斗争不过眼睛，他的眼睛一旦接触到吴美萍的眼睛，就像磁石的北极碰到南极一样，死死地盯住，挪不开。吴美萍写："别那么看我，我已经老了。"刘青山写："你还和当年一样美，真的，一模一样。"吴美萍有些不好意思地写："都多大岁数了，还什么美不美的。"

　　临走的时候吴美萍从包里面掏出一个信封，递给刘青山。刘青山有点犹豫，吴美萍一把塞给他就转身出门了。刘夏说："爸，让我看看是什么？"刘青山说："小孩子别跟着捣乱。"刘青山打开信封，是一封信和十张一百元的钞票。

青山：

　　听到儿子出事的消息，我还是忍不住要来。我本不想打扰你们的生活，正像我当年承诺过的那样，可是血液于水。也许你不知道，每次刘夏有事我都知道，他小

162

学毕业典礼我坐在最后排，他在县里演出我远远地看着，他那次跟杨晓宇出去玩把腿摔坏了，我也在医院守了一夜，只是没敢去看他而已。我知道爸妈不喜欢我，可是青山，这么多年我对你的爱从来没有变过，也许这辈子成了一家人就永远是一家人了。我知道当年你对我那么绝情一定是有原因的，或许是你一时冲动，或许是你另有隐情，我从没有怪你。但我不想再求你，因为当时我已经求得够多了，我为了和你在一起，已经失去了做一个女人最起码的尊严。可是为了儿子，尊严又算得了什么？

希望你和刘夏能熬过这次难关，希望爸妈身体都好。这一千块钱是我给儿子的，这些年他成长我不能陪伴，钱弥补不了什么，给孩子买点吃的玩的，让我也体会一下做母亲的快乐吧。希望你收下。

吴美萍

刘青山拿着这封短信，有些感慨。他想起当年吴美萍绝情地摔门而去，他自己怀里的孩子还在哇哇大哭，那时候孩子刚刚会发出"妈妈"的声音，听起来更让人心酸无比。他记得吴美萍冷冷地丢下一句话："以后咱们各走各的路，谁也别打扰谁，就当这辈子没遇到过对方吧。"那些夜里，让他感到寒冷刺骨的不是冬天，而是吴美萍的这句话，死死地把他对她仅存的希望掐灭。可现在这封信却让他感到她分明有着火烫的内心，她根本不需要写信，只需要一个眼神，或者一句话："咱们重新生活在一起吧。"刘青山就会放下一切跟她走。

刘青山把记忆和现实胡乱地揉搓在一起，脑子里几个声音在回旋：

"是这个女人当年抛弃你的，你那么爱她，她却狠心离去，甚至丢下还在吃母乳的儿子。"

"好马不吃回头草，她分明是我不要了的女人，现在回来假慈悲，一定有什么别的想法。"

……

刘夏的一句话打断了刘青山的思绪："爸，我们以后还能不能听到别人说话了？我还能上学吗？我不聋不哑的，可不想去聋哑学校。"刘青山无法解释那么多："儿子，一切都会好的。你放心，有爸爸在呢。"

梁淑珍回来后直盯着刘青山问吴美萍到底来干什么。刘青山印象里自己的妈妈从来都是比较有自知之明，具有良好的知识分子气质，一句话点到即止的，从来不会像现在这样打破砂锅问到底。按说写下来的字，应该比脱口而出的话更加具有深意和表现力，更应该体现出深思熟虑或者语言的艺术，可梁淑珍笔迹潦草，说话更像是审问的语气：

"那个女人来干啥？"

"她还要不要脸了？这么多年阴魂不散的。"

"你理她干什么？"

刘青山想回答母亲的话，可是母亲咄咄逼人的问话，不像是在寻找答案，更像是在给自己下命令。刘青山在纸上就写了一句话："刘夏见到他妈妈挺高兴，也许对他恢复有帮助。"

孩子自然是最大，看到梁淑珍也没了言语，刘永住就说："老婆子，这么多年了，你就不要跟着他们操心了，孩子都大了，自己有自己的选择。"梁淑珍说："他会选择个屁！"刘永住说："难不成你要关着他一辈子？你想不想你的大孙子恢复正常了？怎么这么点道理都不懂？你现在得求人家，知道吗？"正说着，电话铃响起来，刘永住接起电话，是吴美萍打来的，她说："爸，我今天给我一个外地的同学打了电话，他是神经科医生。我咨询了一下情况，想把孩子带过去看看，顺便散散心，要不然孩子都开学了，其他人都上学，他自己在家里，对他也不好。青山也一起去吧，他也有一样的问题。"刘永住想了想，也没有别的好办法，只能死马当活马医，就同意了。挂了电话他就给刘青山写："你前妻要带你去她同学那里看看，据说是神经科专家，也许有治疗孩子的方法。"时间越长，刘青山愈加相信王鸣鹃的理论，他相信孩子和自己的问题不是神经科医生能解决的。可是也不好盲目拒绝，何况他心里也想拥有和吴美萍再次相处的机会。

第二天一早，吴美萍老早就等在楼下，带着从便利店给刘夏买的两片面包和香肠。递给刘青山，里面夹着纸条，写着："我知道刘夏最爱吃这种面包，所以特意去买的，以前他上学时总是在路上吃这个。"刘青山递给刘夏说："吃吧，你妈给你买的。"刘夏噘着嘴说："爸，我最讨厌吃面包了。"刘青山一瞪眼睛："赶紧吃，装作好吃的样子。听见了吗？"刘夏只好冲吴美萍笑笑，转过身去慢吞吞地吃了起来。刘青山见吴美萍看刘夏的眼神充满了母爱，他很想就这么看着这一幕。梁淑珍没有下楼，只是站在阳台上远远地望着，不乐意地嘴里嘟囔着什么。吴美萍带着刘青山父子二人，很快上了开往外地的车子，只剩一阵尘土。

第十章　选择

≡

他闭上眼睛，又突然睁开，

可是所有镜子里的刘青山却都仍然闭着眼睛，

任凭他再怎么挥手摆头，他们都静静地站在那里，

闭着眼睛，一动不动。

≡

第二天早上，还在蒙蒙眬眬中，王鸣鹃就听到一阵急促的敲门声。王国强把门打开，是李所长带着两个民警。王国强问："小李，这么早，有事？"刘所长有些为难地说："老所长，小王在家吗？昨晚刘青山失踪了，有人说看到小王和刘青山半夜一起出去的。"王国强吓了一跳，赶紧把王鸣鹃叫起来。王鸣鹃说："刘青山啊？他应该没事，去找他儿子了，很快就会回来的吧。"李所长阴沉着脸说："他去哪里找他的儿子了？"王鸣鹃说："这个事情说了你们也不会相信，他去另外一个世界了。"

这下连王国强都皱起了眉头，他回头对李所长说："小李，这样吧，你先回去，等会儿我跟小鹃一起去所里把事情讲清楚。她大概因为刚刚起来，脑子还不清楚。"李所长不想走，不过看着老所长，也不好意思再继续待在这里。他跟两个民警交代了几句，几个人就一起走了。

王国强关上门严肃地问："小鹃，怎么回事？"母亲也凑了上来。王鸣鹃一看两个人一脸严肃，就说："爸，妈，你们放心，我说的都是实话，我解释得通，他们真的去了另外一个世界。我失踪那几天也看到过刘夏，所以我让刘青山也过去了。他们也许今晚或者明晚就能回来，到时候就能证明我说的话都是真的了。"王国强跟妻子面面相觑，母亲关心地问："小鹃，你说的都是啥？你还好吧？"王鸣鹃说："得了，你们别操心，我吃完饭就去所里把事情讲清楚，你们总可以放心了吧！"

王鸣鹃下楼的时候看到跟着李所长来的两个人就等在门口，她心里有点气愤："真把我当疑犯了还是怎么着？"她故意昂首挺胸地走在前面。到了所里，梁淑珍正一脸焦急地等在所里。王鸣鹃一进门她就迎上来说："王警官，我儿子青山昨天傍晚出去找你，跟我说很快就回来，可是怎么到早上了还没回来？我这儿有点担心，祖孙三代不会都这么失踪了吧。"王鸣鹃说："阿姨，你放心，你先回去，过两天我保证他们准会回来的。"梁淑珍半信半疑地看着王鸣鹃："王警官，那你能告诉我他们去哪里了吗？"李所长在王鸣鹃家里听到了她那套理论，生怕她再这么说会吓到梁淑珍，赶紧插话说："梁阿姨，这件事情你得相信我们人民警察，调查清楚之后一定给你个说法，现在你在这里等着也无济于事，还可能影响我们。"梁淑珍只能起身说："李所长都这么说，我就先回去了，有消息一定要第一时间通知我。"

梁淑珍走后，李所长把王鸣鹃拉到自己办公室，他说："小王，你必须实话实说，你昨晚是不是跟刘青山在一起？到底发生什么了？你必须一五一十地说，我才能帮你。"王鸣鹃便把自己的想法和猜测，以及事情的前因后果都说了一遍，包括自己失踪那三天的经历。

李所长听完摇摇头，一句话也没说就出去了。过了一会儿，他回来盯着王鸣鹃说："小王，你爸爸是老所长了，是我的老上级，可是你要不说实话，我也没办法帮你。现在案子直接转到省里了，几周内一家父子两个接连失踪，省里都上新闻了。你要说什么现在还有机会。"王鸣鹃吓了一跳："你们不会以为我是嫌疑人吧？"李所长说："有人昨晚目击到你和刘青山一起进了玻璃厂，你回来了他不见了，你就是最大的嫌疑人。"王鸣鹃百口莫辩，她说："我说的都是事实啊，你们能再给我两天时间吗？他回来了一切不都真相大白了吗？"李所长明显不相信她的话，失望地离开了。

王鸣鹃这才觉察出事情的严重性来。失去别人的信任是挺可怕的一件事，人们平时都爱把"我相信你"挂在嘴边，可是当这个所谓的你相信的人说出一件违背常识，或者违背你一贯经验的事情的时候，"我相信你"这个定论就被一下子砸得粉碎。不论是自己的父母还是自己的上级，听完自己的话第一反应都是，你没毛病吧。没有人会第一时间继续问案子的事情，这是多么大的悲哀。

　　王鸣鹃刚要起身，想再跟李所长解释，门外进来两个她不熟悉的警察，客气地要带她出去。她看见李所长正在跟几个领导样子的人汇报，路过的时候他们看了她两眼，接着两个民警便领她到后面的关押室，锁了起来。这下王鸣鹃傻眼了。

　　王鸣鹃从小到大没受到过如此大的打击，自己尽心尽力办案，甚至加班加点，怎么莫名其妙就变成嫌疑犯了？想到这些，她沮丧至极，忍不住坐在冰冷的板凳上哭了起来。王国强担心女儿，王鸣鹃出门没多久，他就跟着来到派出所。

　　李所长把他拉到一旁，小声说："老所长，我现在也很为难，这个案子现在上媒体了，省里派人下来接管，我也只能照章办事。要不你去劝劝小王，她现在说的话都是胡说八道啊，我都没敢把她说的证词给督察组。"王国强沉着脸问："我女儿长这么大，还没受过这么大的委屈呢！"李所长说："按照道理来说，我们可以扣留她二十四个小时。"王国强说："李所长，她一个女孩子家，怎么可能把一个大男人藏起来？他俩真要打起来，谁打得过谁还说不准呢。你少给我讲道理，我现在就把她带走。"

李所长实在不想把老所长得罪了。扣押王鸣鹃属于灰色地带，为了让督察组看到自己秉公办案，那自然是有权利扣押嫌疑人；可是要说王鸣鹃把刘青山杀害了或者伙同他人把人给绑架了，他也不信，毕竟刘夏失踪的时候，根本没有王鸣鹃什么事儿。王国强气呼呼地把王鸣鹃领了出来，几个干警要阻拦，李所长便使了个眼色让他们走。但随后他又叮嘱两个警察盯着王鸣鹃，这也是按程序走而已。

王国强把女儿领回家，心疼地说："他们没难为你吧？"王鸣鹃说："爸，你放心，没事儿，不是说要想打倒对手，得先学会挨打吗。我这是要想当警察，得先进拘留所呗。"王国强知道女儿从来不肯向自己示弱，也是怕自己担心。他叹了口气说："女儿啊，这件事情闹得很大，你是最后一个看见刘青山的人，你不把实情说出来，没人能帮得了你。你爸爸这个老警察，可不想最后自己的女儿被当作嫌疑人抓起来。"王鸣鹃没说什么，显然，她知道怎么解释这些都没有用，自己已经把实情说了，可是没有一个人相信。她觉得这件事情就像是自己穿梭时空回到一百年前跟人家解释手机电视机一样困难。她唯有祈祷刘青山能够记住自己说的话，赶快带着刘夏回来。

在回家的路上，王国强已经意识到有人跟着他们，他知道李所长这也是没办法。不过他更担心的是女儿如果坚持这么胡说，大概没有人能帮她。他打开电视，都是本地电视台的新闻报道，记者就站在玻璃厂旁边，采访省里来的督察组，胖胖的官员信誓旦旦地说，我们一定给老百姓一个交代。报纸标题也是："祖孙三代离奇失踪，办案女警竟成嫌疑人"。王国强怕女儿听见难受，赶紧关掉电视，报纸也扔进废纸篓。

刘青山很少离开县城，他望着窗外，灰蒙蒙的天似乎比以前更加阴暗了。吴美萍就坐他旁边，他闻着吴美萍身上香水的味道，竟然有点飘飘然。吴美萍转过头来，看见刘青山这么看着她，有点羞涩，推了他一下，刘青山这才觉得不好意思。他总觉得自己像第一次认识吴美萍，心跳得怦怦的，竟然像初恋一样。

吴美萍转过来的时候，刘青山看到她额头上有两个小黑点，赶忙给她指了指，比画着说你额头好像有点脏。吴美萍也明白了刘青山的意思，拿出随身的小镜子。然而照来照去，额头上干干净净的，什么也看不出。刘青山凑了过去，用手指着吴美萍的头让她看，他这一看不要紧，自己吓了一跳，手指碰到了吴美萍的额头——自己虽然把手指指向吴美萍的额头，可从她的小镜子里，却看不到自己的手指。

吴美萍以为刘青山在跟自己开玩笑，有点不好意思，写着："都这么大岁数了还闹？"刘青山却有点心神不宁。他从玻璃窗的倒影能清楚地看到吴美萍盯着自己的目光，可是却看不到自己的影子。他这才想起来王鸣鹃说的话，镜子里的人本来是你的倒影，而你进入镜子，镜子里还哪有你的影子呢？吴美萍看到刘青山魂不守舍的样子，问他是不是不舒服，刘青山摇摇头，给她写道："我就是有点晕车而已。"

刘青山看着车窗外面的树木飞速地向后奔跑，时间长了，竟然有些困意，他不知不觉靠在车窗上睡着了。他梦见自己处在一个六面都是镜子的空间里，前后左右、头顶脚下都是镜子，无数个刘青山都在看着自己。他一抬手，所有的刘青山都跟着抬手，它们就像是刘青山手里的木偶，一举一动都模仿着刘青山。刘青山飞快地左右扭摆，似乎想摆脱它们的模仿，那感觉就像是面对着一群猴子。他闭上眼睛，又突然睁开，可是所有镜子里的刘青山却都仍然闭着眼睛，任凭他再怎么挥手摆头，它们都静静地站在那里，闭着眼睛，一动不动。他失望地一下子坐在了地上。突然，所有镜子里的都睁开了眼睛，望着自己，露出了诡异的笑容。

刘青山被这一幕吓醒了，忍不住"哎哟"了一声，却发现吴美萍正紧紧握着自己的手，关切地问他是不是做噩梦了。尽管他听不见她的声音，可是他就那么看着她的眼睛和动作，就知道她要说什么。他抹了抹头上的汗，示意吴美萍他做噩梦了，还主动紧紧地回握住了吴美萍的手。吴美萍感受到来自他的力量，不禁有些害羞。

　　不知怎么的，刘青山有种感觉，自己好像一直在梦里。这两天的经历——找到了儿子，看到了爸妈，还发现吴美萍居然还爱着自己——他真的觉得自己在做梦，而且他宁愿不要醒过来，因为这梦太美好了。只有一点，他没办法和他们交流。他不禁问了自己一个问题：这要真是另外一个世界的话，我是不是可以永远待在这里？如果让我失去一样东西，却同时让我永远拥有另外一样，我到底会做什么样的选择？

　　三四个小时的车很快就到了。刘青山平时不爱旅游，也很少带儿子出来，刘夏倒是很开心，虽然听不见，还是目不暇接地看着县里没有的车水马龙，好奇地问着父亲这是什么那是什么。吴美萍也觉得奇怪，这父子两个人像在演哑剧一样，不知道葫芦里卖的是什么药。不过她向她同学咨询过了，精神上的疾病，一定要精神上养回来，所以她定了省城里的酒店，想带他们父子俩放松放松，另外她还想借着这个机会，看看刘青山对自己到底还有没有感情。她很满意刘青山目前的表现，只是他突然也出现的聋哑症状让她有点担心。可是除了这一点之外，他的一切表现都像个正常人，而且似乎对自己的感情还很深。吴美萍心里有点七上八下，刘青山握着她的手时，她竟然呼吸急促，好像跟他第一次牵手时那种感觉。

　　刘青山对自己这种奇怪的处境感到既兴奋又紧张。让他兴奋的是，他梦寐以求的跟吴美萍再次在一起好像就这么突然实现了；让他紧张的是，不知道这种情况能够持续多久，不知道自己怎么才能回到自己原来的生活中去。他能做的就是听从吴美萍的安排，认同自己是个病人，剩下的，听天由命吧。他忽然想到自己前些日子一直想要与之斗争的命运，如果命运真的要他这样，他又何必跟命运抗争呢，不如好好地享受吧。想到这里，他竟然又有些感谢命运。

吴美萍安排好了一切。她订了两个房间，本意是自己睡一间单人房，让他们父子两个睡一间，谁知道刘夏打开单人房，进门之后就随手把门锁上了。刘青山尴尬地表示，这孩子老早就不跟我一个屋子睡了。吴美萍也有点不好意思，不过两个人似乎都想拥有这次独处的时间，就顺水推舟了。刘青山隔着房门跟刘夏叮嘱，不要乱走，下午要出门，过会儿自己来叫他。刘夏隔着房门在里面应了一声。

其实刘青山有很多话想跟吴美萍说，他知道吴美萍听不到他，于是自言自语般地说："美萍啊，这些年你过得好吗？你找到你要的幸福了吗？你离开我的那些年，你不知道我有多痛苦，甚至觉得人生都失去了意义，不明白为什么命运会这么对我。好在有儿子支撑着我，我看着他的脸就想到你，他的眼睛很像你。我一直在等你回心转意，这一等就是十几年，孩子都大了，我也等老了。不过，要是以后都能跟你在一起，那等再久也值得。"

吴美萍静静地坐在刘青山身边，靠着他的肩膀，她内心期待这一刻也很久了。她也知道刘青山听不见，所以她也自言自语地说："青山啊，你不知道这些年我有多想你。孩子小的时候，我每天下班都去幼儿园看他，可是又不能跟他说话，当妈的心里有多难受你知道吗？我一直在等你来找我回去。当初你那么绝情地赶我走，我以为你只是一时意气用事，可是没想到这一等就是十几年，孩子和你还都出了这么大的事儿。要是我在你们身边照顾你们，也不会这样了，我心里好难过。青山，要是你同意，以后我再也不想跟你分开了。"

两个人说着自己的话，都想看看对方的眼睛，又好像不用说话也都知道对方在想什么。正在这时，刘青山听到刘夏在外面喊他，开了门，只见刘夏换了一套夏天的休闲短袖短裤，说："我饿了，想吃东西。"于是三人下楼找了一家小餐馆，吴美萍点了菜，并给刘青山和刘夏写道："这都是你们最爱吃的。"刘夏看了一眼菜单，吐了吐舌头，明明就没有一个是自己爱吃的。他说："爸，给我点个红烧鲫鱼吧。"刘青山只好给服务员打手势，又加了一个红烧鲫鱼。吴美萍很奇怪，她问刘青山："儿子以前在幼儿园从来不吃鱼的，后来我带他吃过几次饭，他也从来不吃鱼的，现在这是怎么了？"刘青山不知道该怎么解释，他回吴美萍："我也不知道，可能他长大了口味变了吧。"吴美萍疑惑地点了点头。她低头时一眼看见刘夏腿上的伤疤。不禁张大了嘴巴。吴美萍清楚地记得那年上小学的儿子和同学杨晓宇玩的时候把腿摔伤了，她躲在病房外面守了几天，看到儿子小腿上留了一个十几公分长的疤，她心疼得不得了。儿子身上的伤就像伤在妈妈身上一样，可让她惊讶的是，她记得那伤疤明明在儿子的右腿上，她又仔细看了看，现在的的确确那条伤疤在儿子左腿上。

　　菜端上来，刘夏别的菜基本上一点没动，一会儿工夫一条红烧鲫鱼被他一个人吃了个精光。吴美萍写了个问题给刘夏："刘夏，你现在跟你班里哪个同学最要好啊？"刘夏看了看吴美萍："当然是杨晓宇了。"吴美萍又问："你上个学期期末考试英语得了多少分啊？"刘夏得意地说："我英语最好了，这次得了92分，这你都知道？"吴美萍虽然平时见不到儿子，可是儿子的学习成绩、个人爱好等，她都了如指掌。她越问越疑惑，儿子的精神状态不像是有病，可是回答的问题又跟吴美萍所知道的都大相径庭。吴美萍知道自打上次刘夏和杨晓宇出了事儿，两家关系就有点僵，两个孩子就很少在一起玩了。刘夏的英语是最差的，她特意背着刘夏找到他的英语老师交流情况，其实每个老师都知道刘夏家的情况，也同情这个当妈的，所以她背地里在老师们身上下了很多功夫，刘夏和刘青山完全不知情。期末的时候英语老师还说，刘夏的英语是弱项，暑假需要特别补一补，这次刚刚好及格，才62分。吴美萍正想方设法想让刘夏补习英语呢，结果就听到刘夏出事了。

刘青山问："什么时候去见你的同学，那个医生？"吴美萍说："明天吧，今天就好好休息，随便逛逛看看。"这正合刘青山的意愿。吃完饭，几个人在附近的步行街走了几圈，刘青山的心完全在吴美萍身上，刘夏倒是开开心心，还去店里买了最新的游戏卡带。晚上随便吃了点，刘夏嚷着累了，回到那间单人房关上门就不出来了。刘青山摇摇头："孩子大了，要自己的空间，以前都是缠着我，要睡到我的床上，现在想跟他睡在一起他都不愿意。"他和吴美萍两个人进了双人房，顿时觉得有些尴尬。屋子里静得出奇，吴美萍也有同样的感觉。刘青山想，还要这样坐下去到什么时候？明明是自己的妻子，怎么还扭捏上了，男人应该主动一点吧。他想到这儿，转过身来搂住吴美萍，低头冲她的嘴唇吻了下去。

吴美萍也在等着这一刻，两个人很快情不自禁地拥在一起，吴美萍意乱情迷中，褪去了刘青山的衣服。就在她尽情享受久违的激情时，突然发现刘青山左腋下方的一块半个巴掌大的胎记竟然不见了，这下她可受惊不小，又看另外一边，胎记竟然挪到了这边。她知道现在有些技术先进，可以把胎记去掉，可是没听说过谁要把胎记挪到别的地方，更何况，虽然挪了位置，那块胎记的形状竟然一模一样，就像是——左边的胎记翻了个身印到了右边一样。

她脑子里突然闪出来一个念头："这人不是青山吧？"她被自己的念头吓得浑身一抖，立马从刘青山怀里坐了起来，一把推开他，死死地盯着他的眼睛。这么多年都没有这么近距离接触刘青山，她也不知道自己到底能不能从眼神、面孔上分辨出来，但那个胎记是她怎么都不会忘记，怎么都不会记错的。她有点颤抖着双手，拿起笔，写下来："你到底是谁？你不是刘青山！"

刘青山冷不丁被吴美萍这一盆冷水浇醒。他看着吴美萍写的字，诚恳地望着她，写道："我是刘青山！可是我不知道该怎么跟你解释，你会相信我吗？"吴美萍看见刘青山的眼神，不像是坏人，她写道："你解释一下吧，我相信你。"刘青山问她："你小时候是不是怕疼，你妈妈给你戳耳洞的时候，你只戳了一个，另外一个死活也不要了，所以后来戴耳坠只戴一个？"吴美萍点点头。刘青山又问："我记忆中的吴美萍，耳洞是打在左耳上的。"吴美萍疑惑地看着刘青山，摸了摸自己的耳朵，耳洞分明在右耳上。刘青山又写："你是个左撇子，拿筷子的时候爱拿筷子的顶端，你说这样筷子长可以吃到更多的东西。可是你写字用的是右手。"吴美萍点点头，又摇摇头，她拿筷子老拿顶端的习惯跟刘青山说的一模一样，可是她明明写字用的是左手，拿筷子用右手。刘青山又写："刚结婚的时候咱们去旅游，你坐火车还晕车，没办法，咱们只好提前下车了。你在厕所里吐了很久，我在外面着急，甚至想进去看你，被警察怀疑是流氓，你出来解释，给他看了结婚证他才让我们走。"吴美萍惊讶刘青山记得这么清楚，这些事情都是两个人一起经历的，第三个人不可能知道。她问："我那时候穿的什么？"刘青山毫不犹豫地写道："红白格子的连衣裙，可漂亮了。"吴美萍彻底迷惑了。刘青山说的都是事实，可是描述具体东西的时候似乎都左右对调了，她实在想不通这是怎么回事。然而眼前这个人说得越多，她似乎就越相信他。

刘青山又跟她说了一些生活中的细节，包括刘夏刚出生时的情况。吴美萍惊讶地发现，她以为一个粗心的男人不会记得的事情，眼前这个刘青山居然都记得一清二楚，他虽然说不出来，可是他的眼神和笔触结合起来让她生动地听到他的描述，甚至比声音更胜一筹。她觉得眼前的男人既熟悉又陌生。

刘青山看吴美萍的情绪渐渐稳定了下来，便开始写："我下面说的话可能很荒谬，可是我也没办法解释，我碰到了好多奇怪的事情。"吴美萍好奇地想要知道他经历了什么，目不转睛地看着他的笔尖。"我跟你好像来自不同的世界，你的世界有一个刘青山，我的世界也有一个吴美萍。"刘青山看了看镜子，继续写："就好像一个在镜子这边，一个在镜子那边，我们的行为、长相都一样，只是凡事都左右对调了。"吴美萍张大了嘴巴,她正准备相信眼前这个诚恳的男人,可是突然他抛出一句话:"我不是这个世界的人。"这种荒谬的话吴美萍实在很难相信。

刘青山严肃地看着她,一点也没有开玩笑的意思。他继续写:"其实我也想搞清楚事情的真相,也想知道这是怎么回事。你能帮我吗?"吴美萍点点头。刘青山继续写:"我知道咱俩的记忆好像有些分岔,咱们能不能把咱俩记住的事情从头梳理一遍,我想知道哪些地方不一样,哪些地方一样。"吴美萍答应了,她虽然还没弄明白是怎么回事,可也不知不觉对这件事起了好奇心。

刘青山从自己认识吴美萍开始,确认每一件他记忆里出现过的事情,吴美萍补充,一条条写下来,两个人都认为一致的就打钩,否则画个叉。按照时间顺序,吴美萍一边回忆一边写,她感觉自己就好像重新经历了一次恋爱,回想当年的阳光,都是那么美好,见到刘青山的时候,真觉得自己是世上最幸福的女人了。刘青山拿着这张长长的单子,开始从头梳理,他发现,越是时间靠前的事件,两个人的感受、记忆越一致。从他俩认识到儿子出生的这段时间,两个人的记忆几乎惊人的一致,除了左右对调这种事情之外,都一模一样,甚至当年爸妈说的话,婚礼上宾客都有谁,分毫不差。

沿着时间轴往下看,他不禁皱起了眉头。从父亲消失的时候开始,吴美萍的记忆开始和自己出现严重的分岔。自己记得的是父亲和一个同事一起失踪了，吴美萍却说根本没有这件事，是自己的公公刘永住升任厂长，倒是只有老林失踪这件事，两个人都有印象。从那以后，两个人的记忆完全像是两个世界的事情。比如最大的一点不同就是，刘青山认为是吴美萍抛弃了自己，因为父亲失踪，自己一下子失去了生活动力，被人指指点点，吴美萍觉得这个家让她受到了羞辱，人前都抬不起头。吴美萍却说，生了儿子之后不知怎的，公婆越来越看自己不顺眼，最后刘青山也开始对自己不好了，最后刘青山提出离婚，她也没办法，就接受了。再往后发生的事情两个人根本对不上号，虽然两个人再见面的时间记忆还是一样，可是见面时发生的事情和对方的态度，简直截然相反，南辕北辙。

刘青山看着这个长长的单子，前半部分似乎承载了自己最美好的记忆，可是突然之间某一点出了问题，后面的一切都稀里糊涂地变了，他真不知道哪个是真实发生过的，哪个是杜撰的。他一下子把手里的纸撕得粉碎，重新拿出来一张纸，用很大的字写道："美萍，不管过去怎样，你愿意跟我重新开始吗？"吴美萍也正在为这些乱七八糟的回忆所困扰，她看见刘青山真诚的眼神，自己也想："他到底是不是刘青山，真的那么重要吗？这个人对我好，我也很爱他，那就够了吧。还有儿子，这个家不就完整了吗？"她看着刘青山的纸条，写上她的回答："过去的就过去吧，咱们重新开始。"

没有人相信王鸣鹃的话，不过看在王所长的面子上，所里的人也没有怎么难为她。王鸣鹃等了几天，也没有看到刘青山出现。她跟李所长说，想要在半夜到玻璃厂去。她是重点嫌疑人，这种荒谬的请求自然被置之不理。又过了些日子，一天王鸣鹃听到楼下有喧闹，远处又有鞭炮噼噼啪啪的声响，站在阳台朝县城背面望去，似乎好多人聚集在玻璃厂那边。王鸣鹃问问王国强："爸爸，今天有什么喜事吗？"王国强说："听说玻璃厂已经卖掉，给了一家房地产公司，今天准备破土动工，所以在举办仪式吧。"王鸣鹃吃了一惊："动工？动什么工？"王国强说："厂里的建筑都很老了，他们准备拆了建公寓楼，据说楼下周围还要修花园之类的，总之就是原来的统统抹掉，盖新的。"王鸣鹃像发了疯似的跳起来："那刘青山不是回不来了？爸，你快去阻止他们，哪怕晚一天也行！"

正说话间，王鸣鹃听到远处"轰"的一声响彻县城，她望过去，那曾经象征着县里繁荣的玻璃厂办公楼已经被炸平，她只看到像蘑菇云一样的尘土笼罩在玻璃厂周围。她一下子瘫坐在地上。

督察组在县里驻扎了将近一个月，没有什么收获，王鸣鹃被停职带到省里，进行了测谎。王鸣鹃胸怀坦荡，结果没问题，证明她说的都是实话，至少她在说这些话的时候情绪波动不大。省局又请来省里著名的心理医生、神经科医生分析王鸣鹃的举止行为，最后得出结论：王鸣鹃有强烈的妄想症，她的证词不足以采信。督察组没有别的线索，很想从王鸣鹃身上挖出点什么，给上级一个交代，毕竟这是轰动一时的大案。可是抓破脑袋他们也想不出结果，最后只能公布王鸣鹃作为嫌疑人证据不足，无罪释放，事情的真相有待调查，已经在全国范围内发布寻人启事这样一个结果草草了事。

　　王鸣鹃不能回到所里工作了，所有人都以异样的眼神看着她，甚至有人拿着镜子取笑她："小王，你看看我在不在镜子里？"王鸣鹃对自己相信的事情的执着也让王国强和她母亲担心，认为她病情严重，跟李所长办了个退养，不去上班了。王鸣鹃整天在家里盯着镜子，嘴里嘟囔着王国强听不懂的话，他和妻子商量了一下，也不能这样看着她的病一点点严重下去，只好决定送她到市里的疗养院疗养，也就是送到精神病院去治疗。

　　王鸣鹃觉得十分孤独。在失去旁人的信任之后，连最亲的父母都变得陌生了。她知道那个道理，越是嚷着自己没病，别人越觉得你有病。在家也无事可做，而且玻璃厂被夷为平地这件事情让她突然失去了调查真相的动力，她觉得一切都被埋葬了。于是她索性逆来顺受，听从父母的安排，让去哪儿就去哪儿吧，反抗急了说不定亲生父母也会叫来警察或者医护人员把自己绑走，她想想就觉得可怕。其实，

"疯"有时候不是指一个人真的神志不清，它只是一个人们把那些自己无法理解的事情统一归类的称呼罢了。王鸣鹃觉得这世界很可笑。大多数庸庸碌碌的人们容不得和自己意见相左的事物，再往更深一层说，他们是见不得自己理解不了的事情别人却理解，于是把这少部分人隔离起来，美其名曰他们精神有毛病。

第十一章 奇怪的病人

＝
＝
＝

“谁有病还不一定呢。朋友？你知道朋友之间最重要的是什么？”

“信任！”

“信任？我说明天太阳从西面出来，你信吗？”

＝
＝
＝

秦佩佩第一次打扮得这么正式。这份工作跟她的专业相符，她精心准备了很久，包括自己的说辞，自己的妆容，自己的目光该怎样盯着面试官的面部三角区，让对方觉得既有眼神交流又不至于太有侵略性，还有怎样放松自己的心态，适当的时候开开玩笑。可是真正走进面试房间的时候，她还是觉得局促，这是她平时练习的时候所不能模拟的。就像运动员无论平时训练多少次，也比不上一次奥林匹克运动会所带来的经验一样。

她被安排到院长办公室面试，秘书让她等一会儿。这种等待让人好心急，就像死刑犯临刑前不知道什么时候枪会响一样。正在她思前想后的时候，门打开了，她赶紧站起身来，向进来的人点头示意，并说"您好"。孙院长打量着这个略显青涩的女孩子，她脸上抹了淡淡的妆，头发扎了起来盘在后脑，穿着西装、西裤、高跟皮鞋。孙院长心里觉得好笑，这是典型的办公室着装。不过作为一个刚毕业的学生来说，她也许不知道该怎样穿着来面试，至少她是用心了。

　　孙院长先问她要不要喝水，问她是不是广镜市本地人，坐车来这里面试方不方便等。这些可有可无的问话恰到好处地缓解了秦佩佩的紧张心态。随后孙院长又给她倒了杯水，秦佩佩受宠若惊地站起来双手接过水杯。孙院长这才转回身坐回自己的位子上，戴上眼镜，拿起桌子上秦佩佩的简历，迅速地浏览了一下。

　　秦佩佩是个应届毕业生，她觉得一页纸太单薄了，样子不好看，拼了命才把简历延伸到两页。

　　孙院长放下简历，盯着秦佩佩问："你在校成绩不错啊？"秦佩佩简单地回答："我只是尽了自己最大的努力而已，也不是我们班最好的。"孙院长又问："你为什么选择护理专业？"秦佩佩说："刚出生的婴儿总会得到无比的关爱，可是当一个人年老生病的时候却经常孤苦伶仃。我想，生命的起始和终结都应该得到同样的待遇，所以我想照顾好那些年纪大的人，让他们的晚年幸福。"孙院长点点头，表示赞许，她又问："有一些特殊的病人，比如精神有疾病的，经常会做些奇怪的举动，或者有些奇怪的想法之类的，你会怎么处理？"秦佩佩想了想，鼓起勇气给孙院长讲了一个笑话："精神病院里，一个精神病人每天都在一个空鱼缸里钓鱼。一天，一个护士开玩笑地问：'你今天钓了几条鱼啊？'精神病人突然跳起来叫道：'你脑子有毛病啊，没看见是空鱼缸吗？'"孙院长微笑着看着秦佩佩，觉得她挺敢说。秦佩佩继续说："其实所谓的精神病人，只不过是看问题的角度跟常人不一样。如果你能站在他们的角度，用他们的逻辑来考虑问题，也许事情就会容易理解得多，也更能预测他们的行为。"孙院长点点头，问了她一些学科上的专业问题之后，就说："我的问题问完了，你有问题吗？"秦佩佩先摇了摇头，又突然问："我什么时候可以知道面试结果？"孙院长说："急性子可做不了护理，不过我们一有消息会马上通知你的。"秦佩佩起身告辞。

秦佩佩出门就给男朋友打电话："亲爱的，我面试完了，不知道结果怎么样啊。"电话那头传来男朋友的声音："佩佩，别担心，你是最棒的，你一定行。"秦佩佩说："哎呀，我好紧张，不知道发挥得怎么样，你犒劳我一下吧，我要好好吃一顿。"电话那头说："好的，没问题，什么时候见面？"秦佩佩看了看手表，上面的时间正好是2005

年5月5日，她说："我还得回学校一趟，这样，咱们下午5点05分在我学校门口见面好吗？我要吃火锅。"男朋友说："没问题。"

秦佩佩是宿舍里面年龄最大的一个，不仅仅是宿舍里最大的，而且也是同专业同年级最大的。她中学时期曾经辍学，隔了两年才又回到学校，参加高考。回到宿舍，几个姐妹都围上来问面试得怎么样，秦佩佩说："不知道呢，等消息吧。"又把面试的过程给大伙儿分享。虽然离毕业还有两个月，可是大部分人已经找到工作，广镜市不大，就业机会不多，护理专业毕业生除了去两家大医院，就是市郊的一座疗养院。同学中有后台的都安排到了医院，还有些同学压根就是混个学位，工作父母早都安排好了。秦佩佩靠不了别人，只能靠自己，所以特别在意这次的面试。

下午四点半的时候，秦佩佩的手机响了一下，她知道是男朋友，拿起来看，是一条短信："亲爱的，我已经在你们学校门口了，快出来吧。"秦佩佩嘟囔着嘴说："明明说好了5点05分的，非要那么早来，我还没准备好。"她晃晃悠悠地来到寝室卫生间的镜子旁，对着镜子把自己好好打理了一番，自己觉得满意了才出门。到了学校门口，一看手表，正好5点05分，她对自己精准的时间控制能力颇为得意。

她大老远就看见一个穿夹克衫的高大男孩站在校门口，她笑着迎上去："亲爱的，你怎来得这么早？"男孩子说：

"为了早点见到你呗，走吧，去哪儿吃？"秦佩佩说："就去马路对面的火锅店吧，他们新推出来的排骨鲜汤火锅不错，寝室的姐妹都说好，我还没尝过。"男孩子说行。点了菜，秦佩佩兴高采烈地给男朋友讲面试的经过，说完后又补充了一句："要是我得到了这份工作，我就可以见你爸妈了吗？"男孩子点了点头："嗯，让你受委屈了，我也不想隐瞒，不过他们也是从他们的角度考虑，你别怪他们。"秦佩佩故作轻松地说："这点委屈都受不了，怎么照顾你啊。放心吧，就算前面有九九八十一难，你也能把我娶到。"

秦佩佩的人生也充满了曲折，从小父母双亡，跟着姑父一起生活。十五岁那年辍学，在社会上混了两年，后来迷途知返，又回到学校拿起课本，如今要是能顺利毕业并找到一份满意的工作，也算是有个美好的结局了。秦佩佩小时候很羡慕别人家的孩子，有那么幸福的家庭，有父母的陪伴，姑姑姑父没有孩子，对自己也不错，可是那毕竟不是自己的亲生父母。辍学那两年她一度自暴自弃，以为自己这辈子就这么完了，整天跟县里不三不四的一群人鬼混，歌厅舞厅游戏厅录像厅，该去的不该去的她都去。有时候她会对着镜子里的自己歇斯底里地喊叫，问自己到底是谁，爹妈为什么要生自己出来，既然不能养，就索性不要生出来。

她看看眼前坐着的男朋友。他虽然跟自己同龄，可是他看起来比自己阅历少了很多，眼神里都是真诚，她就是被这个自己曾经的同班同学感动了，最后才重返校园，拿起课本，并约好跟他一起来广镜市。她在县里曾是出了名的混混，所以怕男方家里有所耳闻，这也是男孩一直没把她介绍给父母的一个原因。她喝了点酒，脑子里乱七八糟的回忆都涌了上来。还好有他，她心里想，这辈子不需要再改变什么了，有他就足够了，随后拿起半杯啤酒一饮而尽。

面试那天是周四。第二个周一的早晨，秦佩佩正准备去上课，手机响了，她一看，是"广镜市精神疗养院"打来的，心里有点紧张。接起电话，她清了清嗓子说："喂，您好。"电话那边是孙院长的声音，她说："是秦佩佩吧，我是精神疗养院的孙院长。我们经过研究，觉得你很适合我们这里的工作，如果你还感兴趣的话，欢迎你来我们这里工作！"秦佩佩张大嘴巴，激动得几乎要喊出来了。但在电话里她还是保持着平静："谢谢您，孙院长，我十分愿意去，希望能将我所学到的东西都发挥出来。"孙院长又交代了些报到手续，由于秦佩佩还没正式毕业，这段时间她可以每周来几天作为实习，也算是对自己正式工作的一种预热，院里给实习工资。秦佩佩一听，更是同意，在她而言，即使做白工都可以，更别说还有钱赚呢。问好了各种合同、手续事宜，挂了电话。她终于大声喊了出来："哦——耶！"高兴得在屋子里手舞足蹈。她看了看自己的课表，最后一学期已经几乎没有课了，她决定每周去院里实习三天，不管工资多少，这也算是自己的第一份工资了。

她又迫不及待地把这个消息告诉了男朋友，说："快点快点，亲爱的，我想马上和你见面，我太高兴了！"电话那头也很兴奋，说："我刚上班，中午吃饭的时候来找你吧。"

再见到男朋友的时候她一下子冲了上去，顾不得大街上那么多人看，一下子搂住男朋友的脖子喊："晓宇，谢谢你，没有你就没有我的今天。我终于要工作啦！"杨晓宇看着她兴奋的样子，觉得这女孩好像长不大，还像当年那个样子，不知道在寝室里怎么当大姐的。秦佩佩牵着杨晓宇的手一边走一边说："晓宇，你说我现在跟你算是门当户对了吗？叔叔阿姨不会说我什么了吧。"杨晓宇说："其实他们一直知道你，可是不知道你是我女朋友。他们说不让我这么早谈恋爱，所以我也不想让他们担心。不过最近我觉得他们有点着急了，嘿嘿，正好你也找到工作了。找个机会，我带你去我家吧。"按说秦佩佩应该觉得委屈，可是她理解杨晓宇，没有杨晓宇三年的支持鼓励，她走不到今天，所以他做什么她都没意见。自打遇见杨晓宇，她觉得好像命运对她稍微眷顾了一些，这几年她心态也渐渐变好了，她想："上苍考验我十几年，总算觉得我合格了，所以赏赐了我这样一个男人。如果那些年的磨难真的是为了他，那也值得了。"

秦佩佩一方面对自己有了工作这件事情充满了兴奋，另外一方面，她也对即将跨入的下一个人生阶段感到好奇。周三的早上，她早早地就来到疗养院。孙院长到得也很早，她把秦佩佩交给一个胖胖的护士长，说："小陆啊，你负责带一带秦佩佩，她也是学护理专业的，先熟悉熟悉，然后分配点简单的活儿给她吧。"秦佩佩热情地跟她握手说："我叫秦佩佩，希望以后您多多指教。"小陆年纪有三十多岁，嗓门有点大："小秦啊，放心，有事儿来找我就行了，我叫陆嘉，比你大几岁，你以后叫我陆姐就行了。"

陆嘉先带着秦佩佩四处转了转。这座疗养院说大不大，说小也不小，分几个区域，既接收轻度精神病患者的终身疗养，也接收普通年纪大的老人过来养老。因为环境不错，有假山、人工湖，也有些老干部会专门来这里修养一段时间。所以这其实是一家结合了普通养老院、精神病护理、康复中心的综合性疗养院。陆嘉算是孙院长手下的大总管，任何一部分出了问题都会找她。她跟秦佩佩介绍说："其实啊，精神病护理区的工作比较简单，但是容易出突发事件；普通养老院区，活比较多而且频繁，但是老人们还挺容易沟通的，不大容易出现意外的状况。当然有些老人真的生病病重了，会被转到重病护理区，二十四小时有人守护，或者转送到医院。那个老干部疗养区，我不爱去，那里都是高官，一不小心容易得罪人，他们又要安静，又要随叫随到，还经常爱投诉，这里又不是会所，我又不是十八九岁的服务生。我看你是学过专业护理的，但是你可能没干过重活，所以你先到精神病护理区，那里活儿少，有异常情况你就跟我联系。"她带秦佩佩换好工作服，又发给她名牌和对讲机。

陆嘉给她介绍说，这里目前只有四五名轻度精神疾病患者，他们平时跟正常人一样，但需要多加注意，说话做事要有分寸，一不小心说到什么触发他们敏感的东西，有可能会加重他们的病情。她又说每个人都有资料，让秦佩佩自己好好看看。

疗养院地方不小，大部分都是一层建筑，只有办公楼是两层。精神病护理区也只有一栋长长的房子，里面有十个房间，公寓式管理，每个房间都有洗手间、浴室、有线电视、空调等等，不像是病房，更像是酒店。外面是敞开式花园，最里面一间是护士的办公室、休息室。由于长时间以来并没有什么特别重病的病人，这里已经不再专门地配一名护士了，都是由其他护理区的护士兼管，大部分都一天只早中晚过来查一次。秦佩佩翻看每个房间的病例本，一共只有四五个病人入住。有十几岁孩子由于高度的学习压力、激烈的竞争导致患抑郁症的，有因为妻子背叛，承受不了打击，产生心理障碍的。大部分都是情感性精神障碍，病例注释上都会写明发病原因和注意事项，比如那个高考在即的孩子，最好别和他谈未来、理想，尽量转移他的注意力，每天多做户外活动，鼓励他下棋、打球。秦佩佩都一一记在脑子里。

翻到最后一名病人时，她感到有些奇怪。这个病人的"疾病起因"一栏是空着的，但是有简单的注解，说该病人有强烈的妄想症和轻度的精神分裂症，行为上并无伤害他人或自己的先例，也没有什么注意事项。她翻看病人的简历，发现她以前是一名警官，后来由于一个人口失踪案，不知怎么的就出现了精神疾病，已经在这里待了十年了。她的名字叫王鸣鹃，籍贯洛县。秦佩佩一下子就来了兴趣，因为她也来自洛县，那个失踪案她也知道，并且似乎还和自己有些关系。

　　随后的日子里，秦佩佩忍不住对这个女人多加关注。她第一次见到王鸣鹃是在一个周五的下午，这个三十多岁的女人就那么静静地坐在园子里，也不跟其他人交流，似乎眼神里总是流露出一丝不屑，偶尔又有一种焦虑一闪而过。她大部分时间都穿着制服，好像是她工作时候的旧衣服，已经洗得泛白。她也不怎么打扮自己，只是无论何时何地手里都拿着一本日记本，时不时地打开，写着什么。

　　秦佩佩从她身后走了过来，还有几米的时候轻轻地咳嗽了一声。王鸣鹃似乎有所察觉，不过还是没有停下手里的笔。直到秦佩佩坐到她对面的位子上，她才头也不抬地说："你是新来的吧？"秦佩佩觉得有点拘束，这语气更像是在给她面试。她说："是，我叫秦佩佩，刚来的实习生。你是王鸣鹃吧？"王鸣鹃还是不抬头："你肯定看过我的病历，还有什么要问的？"秦佩佩连忙说："不是不是，我就是新

来的，想跟大家熟悉熟悉，我没有什么问题要问。"王鸣鹃
把笔放下来，看着秦佩佩的眼睛说："刚来的护士都这样，
过几天就烦了。我们还算是好伺候的，不过这样伺候人的活
儿也不是谁都干得了，很多人没干几天就走了。"秦佩佩觉
得王鸣鹃的眼睛很犀利，自己不敢和她对视太久。她低下头
说："我是学护理的，既然学了就想做一辈子。"

　　王鸣鹃笑了笑说："你怎么知道这是你想要做一辈子
的事情呢？也许你还不知道你真正想要什么，别太早下结
论。"秦佩佩锲而不舍地认真说："别的事情我不知道，
这件事情我知道是千真万确的。我希望我护理的对象都健
健康康地出院，让他们感受到家一般的温暖。"王鸣鹃冷笑
了一下，不置可否。秦佩佩又说："我希望和我的病人做朋
友，帮助他们走出困境。"王鸣鹃抬起头说："谁有病还不
一定呢。朋友？你知道朋友之间最重要的是什么？"秦佩佩
说："信任！"王鸣鹃又问："信任？我说明天太阳从西面
出来，你信吗？"秦佩佩不知道这话的意义在哪里，她说：
"太阳当然是从东面出来的。"王鸣鹃说："你不是说做朋
友要信任吗？你信任我吗？你到底是信我还是信你自己？"
说完她起身就走了。

　　秦佩佩跟其他几个病人都打过招呼见过面了，王鸣鹃是
最后一个。其他人要不就是一言不发，要不就是说了几句以
后就独自走开。王鸣鹃好像跟他们都不一样。然而，越是这

样越能激起秦佩佩的耐心，她下定决心，一定要搞清楚王鸣鹃的病因，帮她走出这个病院。

　　周五下了班，杨晓宇过来接秦佩佩一起走，秦佩佩说："晓宇，你现在还经常想起刘夏吗？"杨晓宇听到刘夏这个名字，有点触动，他说："佩佩，当年要不是他失踪了，也许站在你旁边的就不是我了吧？"秦佩佩连忙说："哎呀，你说什么呢？那时候我们都是小孩子，哪里懂，我只知道你是真心对我好。"杨晓宇说："我也很想他，不知道他到底怎么样了。警察调查了这么多年，居然音信全无。可惜我童年就这么一个最好的朋友，我现在想起那个夜晚还有点内疚，我也许当时再找找他就好了，不该一个人跑回来。"秦佩佩说："我去疗养院实习，你猜我碰见谁了？当年办案那个女警官，叫王鸣鹃，也不知道什么原因在疗养院待了十年，算算就是从那次失踪案开始的。"杨晓宇有些气愤："我记得她当时信誓旦旦地告诉梁奶奶，她一定能将刘夏和刘叔叔找回来。可是后来怎么样？这些人说话根本不算数。"秦佩佩小心翼翼地问："你还是能从镜子里看到刘夏吗？"杨晓宇点点头又摇摇头："他刚失踪的时候，有几次我去刘叔叔家，不知是怎么了，好像能在镜子里看到他的影子。我跟我爸爸说了这事，他说我神经过敏，后来我就再没见过。"杨晓宇感激地看了看秦佩佩："也许全世界都觉得我在说疯话，只有你一个人信我。"秦佩佩点点头。她其实不相信，不过杨晓宇在她眼里就是全世界对她最好的男人，这样的人说的话真也好，假也好，她都信。

秦佩佩又说："快点想想，星期天要见叔叔阿姨，我都要带些什么，说些什么啊？"杨晓宇说："我有个办法。明天我先带你去见梁奶奶，她要是喜欢你，我爸妈肯定不敢说什么。"秦佩佩说："梁奶奶有那么大本事？又不是你亲奶奶。"杨晓宇说："刘叔叔也失踪后，我爸妈就把梁奶奶当我亲奶奶对待，也是因为当年刘叔叔帮过我们家。你放心，只要你过了梁奶奶那一关，一切保准没事。"秦佩佩说："怪不得你心这么好，原来你家人心地都这么好。"杨晓宇刮了秦佩佩的鼻子一下："这么油嘴滑舌。"

广镜市离洛县有两三个小时的车程，说长不长说短不短，自从杨晓宇参加工作，他就每周回一次家。两个人周六早上在商场里买了老人爱吃的甜点，直接坐车回洛县。按照杨晓宇的建议，她只简单地梳洗了一番，一点妆都没画，简简单单、干干净净的，跟杨晓宇直奔梁淑珍老人的家。秦佩佩很难想象这个已经快八十岁的老人，经历了这么多挫折，几乎失去了所有生命中重要的人，还依然这么坚强地活着。

杨晓宇去之前打过电话，梁淑珍开门之后戴上老花镜，仔细打量着这个女孩子，一边把她让进屋里，一边偷偷地跟杨晓宇说："好小子，眼力好，这姑娘干干净净的，真文静，比现在那个电视上那些花里胡哨的女孩子强多了。"杨晓宇笑着说："奶奶，这是佩佩特意给你买的点心，你快尝尝。"梁淑珍说："来看奶奶就行，还带什么东西，真是的。赶紧攒钱把这个媳妇娶回来，你不急着点，小心她跟人跑了。"杨晓宇笑着说："奶奶你说什么呀？"秦佩佩拉着梁淑珍的手，把点心送到她嘴里，梁淑珍乐得合不拢嘴，起身要去给他们做饭，秦佩佩和杨晓宇连忙说不用。秦佩佩对这个个子不高，但是腰板直直的老人充满了敬意，从她的脸上，居然丝毫看不出悲伤，除了眼睛花，看不清东西外，她一点都不糊涂。杨晓宇偷偷地跟奶奶说："明天佩佩要去我家，我爸妈肯定得让你也去，奶奶，你可得帮我。"梁淑珍恍然大悟："好小子，我说你怎么这么好心来看我，原来是有求于我啊。哼，那可要看你表现了。"

秦佩佩陪着老人聊天，杨晓宇到厨房准备给老人做点吃的。他一抬头就看见挂在厨房的那面镜子，那面镜子他在刘叔叔的办公室见过。他一下子想起十年前，刘青山刚失踪没多久，他跟着爸妈来看梁奶奶，爸妈陪着老人说话，他自己来到厨房，盯着那面镜子，突然之间看到刘夏在镜子的那边，也正直愣愣地看着自己，吓得他一下子摔倒在厨房的地上。回到家跟父母说起这件事的时候，他们都让他别说胡话，这话让老人听见了，就是见到不干净的东西了，可刘夏是失踪，所以让他不要乱说。

从那以后，他每次去刘夏的家里看梁奶奶，都会小心翼翼地离那面镜子远远的。不过后来他似乎也在学校的大玻璃镜子前看到过刘夏的身影一晃而过，回头再看的时候却什么都没有了，他也只好听父母的解释，当作是他自己太想念刘夏了。

想到这里，他不禁嘴角露出无奈的微笑。盯着镜子看了一会儿，就在他想要低头切菜的时候，突然看见镜子里刘夏直直地站着，又像十年前那样看着自己。刘夏似乎一点也没变，还是十年前的样子，脸上还挂着汗珠。杨晓宇被这突如其来的镜像吓得一哆嗦，手里的刀掉在案板上，划破了手指，鲜血顿时涌了出来。

秦佩佩听到声音赶紧跑过来，"哎呀"一声："你怎么这么不小心啊？"赶紧找创可贴给他包上，杨晓宇面色苍白，秦佩佩以为他是手指被割破受到了惊吓，也没在意。梁淑珍接过菜刀说："你们这些大学生啊，就是不能干活，去吧，我来。"

吃过午饭，杨晓宇借口不太舒服，就匆匆离开了。路上，秦佩佩问："晓宇，你好像情绪不太对，你没事吧？"杨晓宇低声说："我刚刚又看见刘夏了，就在梁奶奶家的镜子里。"秦佩佩的心骤然紧了一下。她更担心的是杨晓宇的这种幻视是一种精神疾病，她从来不这么说，可是自从在疗养院上班，她开始慢慢了解了一些这方面的知识，她知道幼年时受过的一些创伤可能导致终身的精神疾病，她很担心当年杨晓宇在刘夏失踪这件事情上受到的打击比自己知道的还要大。

虽然很担心杨晓宇，秦佩佩还是不得不跟他分开，各回各家。杨晓宇住的是楼房，秦佩佩家还住在县郊区的一栋平房里面，而且要走一段泥泞的土路。这些年虽然铺上了石子，可跟县城里面的水泥路相比还是差了一点。经过曾经的玻璃厂，那里已经是一片成熟的商业住宅小区了。秦佩佩家其实就在玻璃厂后面步程十几分钟的地方，虽然没隔多远，但跟那片繁华的住宅区比起来，她住的地方简直是另一个世界。她一路风尘仆仆地走过那条小路，推开院门。距她上次回来已经有几个月了，钥匙插在锁孔里扭了几次才把门打开，院子里水泥地上都是尘土和落叶，一片荒凉。

屋里一股发霉的味道，她急忙开窗通风。屋地本来是水泥抹平的，时间久了，很多地方都有些开裂，凹凸不平，水泥剥落的地方就是泥土地，踩上去让脚踝很不适应。屋子里没有多少家具，秦佩佩这样一个看起来时尚现代的女孩，在这样一间屋子里显得突兀至极，但这也是秦佩佩可以放心地扔开房子几个月而不用担心的缘故。

屋里唯一一个显眼的东西，大概就是挂在墙上的那面镜子了。那是她姑父单位制作的，夕阳落下去的时候，正好阳光会从窗子照进来，照射在那面镜子上，让她觉得眼睛生疼。她眯着眼睛看着镜子里的光点，忽然想起来王鸣鹃说过的话："我说明天太阳从西面升起来，你信吗？"她看看镜子，镜子里的太阳正在缓缓下落，那镜子里就应该是往东落下去吧。她这样想想，觉得王鸣鹃说的话好像也有点道理，这就是个脑筋急转弯。就像哥伦布问谁能把鸡蛋竖起来，大家都不吱声，然后哥伦布把鸡蛋轻轻地敲碎了，就轻而易举地站立起来了。你说太阳能不能从西面升起来，能啊，只要拿着一面镜子，镜子里的太阳不就是从西面升起来的吗？

秦佩佩也不知道自己为什么会想起这些乱七八糟的东西。她从镜子后面抽出那张泛黄的照片，那是她现在拥有的唯一一张姑姑和姑父的合影。那是一张20世纪六七十年代的经典照片，只有两寸多，两个人的头都微微地向中间歪着，男左女右。哦不，秦佩佩被自己的镜子观点给扰乱了，人看照片时说的左右，到底是该按照看到的说，还是该从站在照片里的人的角度来说呢？姑父那时候还很年轻，穿着中山装，姑妈还梳着两条小辫子。两个人都一脸严肃，没有笑意。秦佩佩想想自己现在手机里的照片，都是精灵古怪，没有一个是这样严肃的。秦佩佩对姑姑的印象仅此一张照片而已，她是由姑父养大的，更何况姑父还是个聋哑人，这也是她从小自卑的一个最重要的原因。上初中的时候就是因为刘夏也是单亲家庭，她和刘夏有更多的共同点而走到了一起。

秦佩佩拿着这张照片，不禁有些后悔。自己要见杨晓宇的家长，杨晓宇的爸妈一定会问自己的身世，姑父要是能给自己撑腰就好了。本来十年前姑父已经带她离开了这个县城，可她硬是倔着脾气自己偷偷跑了回来。从那以后，她再也没有见过姑父。姑父本来就是个外姓人，秦佩佩年幼的时候把自己没有父母这件事的怒气都撒到姑父身上，而姑父就像个软软的沙袋，无论什么样的力量打过来，都默默地承受着。秦佩佩肆意地践踏着这段亲情，直到她自己上了大学，才开始慢慢地理解了生活的艰辛，更难以想象一个男人带着一个并非自己亲生的孩子十几年的艰辛。她从姑父那里逃出来的时候，从来都是怀着一种终于独立了，逃出牢笼的感觉，可是这些年自己在社会上打拼，才发现其实她失去的不是牢笼，而是家的依靠。秦佩佩在胡思乱想中睡了过去，在睡梦中竟然流出了眼泪，她开始想念抚养过自己而自己却没有尽过孝道的亲人。

秦佩佩从来没让杨晓宇来过自己家里，从来没有任何朋友知道她住的地方。她早上早早地起床，收拾好，跟杨晓宇约在学校附近见面。杨晓宇看秦佩佩脸色不太好，问她昨晚是不是没睡好，秦佩佩说："没事，大概是舟车劳顿吧。"两个人买了点东西，就直奔杨晓宇家去了。

第十二章　信　任

≡
≡
≡

这世界上假如只有两个人，

一个人说真一个人说假，谁也说服不了谁；

可是当这世界上有十个人，九个人说真，一个人说假，

那么说假的人就会被认为是有病，而这事情的真假已经不重要了。

≡
≡
≡

早上的时候杨建军已经把梁淑珍接了过来，他老早就想让老人过来跟他们一起过，可是梁淑珍硬说自己没问题。杨建军没办法，就和妻子轮班，早晚各去一次，帮老人打扫卫生做做饭，逢年过节都在一起过。杨建军听说儿子要把女朋友领回来，赶紧出门买菜，然后又把梁淑珍也接过来一起热闹热闹。秦佩佩进门的时候，杨晓宇的妈妈上上下下打量她，笑得合不拢嘴，杨建军也做好了一桌饭菜，赶紧招呼大伙吃饭。虽然杨晓宇的妈妈问东问西，不过好在有梁奶奶在，也没太难为秦佩佩。

下午走的时候，杨晓宇送秦佩佩回家，他说："佩佩，我妈就是爱问东问西，你别介意啊。"秦佩佩说："没什么，当妈的都这样，你这么个大帅哥要送给我，当然要问问清楚。我只是有点难过，毕竟孤儿总不如从一个和睦完整的家庭出来的人说起来好听吧。"杨晓宇把秦佩佩搂在怀里："以后我就给你个完整的家吧。"

周一早上，秦佩佩再上班的时候，特意跟王鸣鹃打了个招呼。她说："王姐，你那天问我，信不信你，我想明白了，我信你，你说太阳从西边升起来，我也信，而且我可以告诉你是怎么回事。"王鸣鹃看着她，秦佩佩掏出一面小镜子来对着太阳说："你看，镜子里的太阳就是从西边升起来的。"王鸣鹃有些惊讶地看着秦佩佩，似乎想说什么，又没说出来，默默地走了。

秦佩佩知道王鸣鹃开始接受自己了。她知道让别人觉得自己受到重视的一个方法就是求她帮忙，她担心杨晓宇的病，于是也更想了解王鸣鹃的心理，从而能够更好地帮助杨晓宇从多年前的阴影中走出来。她追上王鸣鹃说："王姐，我有件事情想求你，不知道你能不能帮我？"王鸣鹃看看秦佩佩说："你一个护士都解决不了，我一个精神病人怎么能帮你？"秦佩佩说："真的，王姐，求求你了，是关于我男朋友的，我特别想找一个人帮忙，王姐你最合适了。"

秦佩佩拉着王鸣鹃到休息室坐下来，王鸣鹃问："你男朋友怎么了？"秦佩佩说："他有时要说胡话，比如他说他能从镜子里看到自己小时候的朋友。他十年前有个好伙伴失踪了。"王鸣鹃问："你男朋友叫什么？他失踪的伙伴叫什么？"秦佩佩从王鸣鹃的眼神和反应中感到她知道些什么，便也毫不隐瞒："他叫杨晓宇，他失踪的伙伴叫刘夏。"王鸣鹃说："你说他能从镜子中看到刘夏？"秦佩佩点点头，王鸣鹃问："在哪里？"秦佩佩说："在梁阿姨家，也就是刘夏的奶奶那里。自从他儿子和孙子失踪了，她就一直一个人住，都是杨晓宇的父母在照顾她。"王鸣鹃自言自语："他们走了这么久，这是回来了？"秦佩佩说："什么？他们去哪里了？又回到哪里了？"王鸣鹃没接她的话，继续问："他什么时候看到的？"秦佩佩说："十年前刘夏刚失踪那阵子，他就说过这样的话，最近又说，我有点担心……"王鸣鹃冷笑："你担心他精神有问题吧？"秦佩佩没说话，王鸣鹃说："你要问一个精神病人另外一个精神病人是怎么回事吗？"秦佩佩有点尴尬，王鸣鹃一语中的。王鸣鹃又说："我知道你们那套理论，得先了解病人是怎么想的，才能对症下药。不过，你得首先相信你男朋友。你打骨子里就不相信他说的话，那你怎么走进他的内心？即便他说的是胡话，那又怎么样？你得信他的话，他说什么你都得信。"

　　秦佩佩说："王姐，只要你帮我，从现在开始你说什么我都信。"王鸣鹃说："你嘴上怎么说都没用，有些事只有你自己亲眼看到了，你才会信。"秦佩佩忽然转移了话题，她问："王姐，我能不能问你个别的问题？我跟你聊天，一点也不觉得你有什么精神上的问题，你的思路比我还清晰。我想知道这些年你为什么待在这里？你完全可以去找别的工作啊。"王鸣鹃诡异地看了看秦佩佩："我说是命，你信吗？"秦佩佩摇摇头："我相信人可以改变自己的命运。"王鸣鹃说："你以为我不想走吗？我走不了，被困在这里了。"秦佩佩惊讶地说："谁能把你困在这里啊？是院长吗？"王鸣鹃说："是命运。你以后就会明白。"

陆嘉找到秦佩佩，问她工作怎么样，秦佩佩说："一切都挺好，也不是特别累，我完全应付得来。陆姐，我想问问王鸣鹃的情况，你能多告诉我一点吗？我跟她聊过，她说话不像另外几个人似乎有明显的问题，她到底是出了什么状况？"

陆嘉是个大嘴巴，一听有人问她，乐不得地说："她年纪跟我差不多，我刚参加工作的时候她就在这里了，听说当时在办一个失踪案，她好像差点还被当成嫌疑人，后来精神就出了问题。她也是大专毕业的，可是嘴里总是命运啊什么的，神叨叨的，那不是精神病是什么？平时还挺正常的，就是有时候爱盯着镜子发呆。她也能自己坐车回家，她爸妈有

214

时候来看她，有时候她回去看她爸妈，我也不知道她为啥不出院，可能她爸妈怕她病不去根儿吧。我听院长说，有几次她已经办好出院手续了，可是不知怎么回事，半夜又跑了回来。你说哪个正常人能这样吧？"陆嘉看看手表，说："时间不早了，我先走了，今天晚上就麻烦你了。"

秦佩佩是实习生，基本不住院里，不过陆嘉有事托她帮忙，她也就欣然答应了。秦佩佩把陆嘉叮嘱的事情都做好，已经晚上八点多了，她静静地躺在自己值班室的床上，脑子里想着杨晓宇家的事情，还有自己工作的事情，想来想去，她发现不论是杨晓宇还是王鸣鹃，都反反复复地提到镜子。到底这镜子有什么神秘的呢？她床边就有一面镜子，她坐了起来，盯着放在桌子上的镜子愣神。

突然，镜子里面出现一张王鸣鹃的脸，吓得秦佩佩"啊"的一声叫了出来，甚至不敢回头，生怕镜子里的脸就那么孤零零地待在镜子里，现实中什么都没有。好在王鸣鹃从背后拍了拍她："新来的小秦，你怎么啦？"秦佩佩回头，这才发现王鸣鹃不知什么时候进了屋子。她急忙起身问："王姐，有事吗？"王鸣鹃说："我屋子里的有线电视坏了，你帮我看看？"

秦佩佩来到王鸣鹃的房间，检查了一下，发现是电视后面的插头松了，紧了紧之后，屏幕上又出图像了。电视上正在播报广镜市明天的天气，一个主持人指着那些卫星云图说："由于受到副热带高压的影响，近期广镜市将会迎来一周的好天气，出门的市民请做好防晒。"王鸣鹃盯着电视问秦佩佩："你不觉得电视里的天比咱们看到的天蓝吗？"秦佩佩不明所以，她问："可能是图像被处理过了？"王鸣鹃摇摇头。秦佩佩问王鸣鹃："王姐，你没事我陪你坐一会儿？"王鸣鹃点点头，秦佩佩就拉过来一把椅子，坐在旁边陪王鸣鹃看电视。

王鸣鹃突然问秦佩佩："有人说好死不如赖活着，你怎么看？"秦佩佩觉得王鸣鹃的思维很跳跃，她想了想说："活着应该活出个样儿来吧，或者有个奔头儿，否则可能真不如死了。"王鸣鹃说："假如你的生活不如意，如果有个上帝，我是说假如，他能够把一些你拥有的东西换成一些你原本不可能拥有的东西，你愿意交换吗？"秦佩佩觉得王鸣鹃充满了哲学思辨，她跟不上她的思路，不知道她问题的深意是什么。但是她觉得这是她进入王鸣鹃世界的契机，于是她反问："你能举个例子吗？"王鸣鹃说："比如用你的听力和语言能力换跟你心爱的人在一起，或者换自由。"秦佩佩觉得这些交换根本就是匪夷所思，她想了想说："为了能和杨晓宇在一起，我什么都能放弃，只要他不嫌弃我。"王鸣鹃说："愿意为他牺牲你的个性？"秦佩佩点了点头。王鸣鹃问："要是他喜欢的就是你的个性怎么办？"

秦佩佩发现自己被绕进去了，她自言自语地说："我也不知道，我只知道当年要不是他，就没有我的今天。我是个孤儿，我姑父把我带大，他还是个聋哑人。我以前很自卑，根本没有朋友，我从来不让姑父去学校。刘夏失踪那年，我也受了很大的打击，刘夏和杨晓宇是我仅有的两个朋友。可是不知为什么姑父突然要带我走，说要离开洛县，回老家。我很不愿意离开洛县，那时候我也太倔强了，从外省自己跑了回来，在社会上混了两年。要不是有杨晓宇的帮助，我也许就完了，他一直鼓励我不要放弃，每天放学都去找我，问我想好了没有，劝我一定要回到学校。他考上大学那年，我终于决定回到学校继续读书，才有了今天的我。"

秦佩佩不知道为什么把自己掏心窝的话都说给了王鸣鹃。王鸣鹃却问了一个不相关的问题："你姑父叫什么名字？"秦佩佩说："他叫林大志，以前在玻璃厂当门卫，可我在外面从来都装作不认识他，我嫌丢人。"王鸣鹃立刻问秦佩佩："他人现在在哪儿？"秦佩佩不知道为什么王鸣鹃对自己的姑父这么感兴趣，她说："他说洛县不是自己的老家，他带我去的地方我也不记得了，我刚下火车没多久，趁他不注意就溜了回来，那以后我再也没见过他。那都是十年前的事情了，那时我太不懂事。"王鸣鹃有些失望，不过显然她对眼前这个女孩就是林大志的侄女这件事还是充满了好奇和惊讶。

秦佩佩没注意到王鸣鹃的表情。她一下子说了这么多，感觉很畅快淋漓，似乎跟谁都没有说过，连杨晓宇都不知道她姑父的事情。她看时间不早了，跟王鸣鹃说："王姐，你早点休息吧，我回去了。"王鸣鹃说："有时间让你男朋友过来一趟吧，我倒挺感兴趣这个对你这么好的男孩，我想跟他聊聊，看看我有什么能帮他的。"秦佩佩立刻说好，从内心感激王鸣鹃。

怕伤害到杨晓宇的自尊心，秦佩佩没有跟他说实话。她说："我接触下来，那个王姐人还不错，当年刘夏失踪是她经手的案子，我也侧面问过她，可是没问出来什么。不过你要真是还那么纠结刘夏的事情，你应该去找她聊聊，也许她能帮到你。她好像也经常提到什么镜子的事情。"杨晓宇对当年没有找到刘夏的那些公安们心里不满，不过自己这么多年来一直有这个心结，而且最近又在镜子里看到了刘夏，他吓得再也没敢去梁淑珍家里，这件事情的阴影又重新笼罩在了他心头。他想了想说："好吧，你看什么时候有时间，我去找你，顺便跟你说的王姐聊聊，看她知道些什么。"秦佩佩说："太好了，她也许能解开你这么多年心里的疑问。"

杨晓宇再见到王鸣鹃的时候，她正坐在凉亭下面看书。他记得当年王鸣鹃问自己那天晚上究竟发生了什么时的情景，自己第一次被警察问话，吓得瑟瑟发抖。如今这个本应该忙忙碌碌奔波于各个案子之间，或是站在菜场里讨价还价为家里孩子买菜做饭的中年女人，却悠闲地坐在精神疗养院里。她穿着陈旧，但是干净整洁。尽管她不再是警察，可杨晓宇似乎对这个前警察还有些畏惧。跟着秦佩佩，他不自然地走到王鸣鹃的面前，伸出手说："王姐你好。"王鸣鹃抬头起身，看着这个十年前自己问讯过的男孩，虽然已经是一身正装打扮，在王鸣鹃眼里他依然透露着十足的孩子气。她伸出手跟他握了一下，说："你是杨晓宇吧，我们也算是老相识了。"杨晓宇点点头，坐下来。秦佩佩说："你们先聊，我去给你们倒杯水。"

王鸣鹃单刀直入地问："你看到镜子里的刘夏了？"杨晓宇点点头。王鸣鹃说："你以为那是什么？"杨晓宇说："大概是我精神太紧张了吧。常言说日有所思夜有所梦，刘夏失踪这件事我也有责任，我总觉得跟我有关系，所以这些年心里都没放下。他是我最好的朋友，这件事不但是我童年的阴影，如果不知道他去了哪里，恐怕这将会是我一辈子的阴影。所以我才来找你，希望你能多给我一些信息。也许你们公安局有不方便对外公布的信息，但我真的想知道他身上到底发生了什么，你放心，我一个字都不会对外说的。"王鸣鹃问："你所见到的刘夏长什么样？"杨晓宇说："嗯，跟我记忆中的一模一样。"他回忆起童年的伙伴，脸上露出了微笑。他怕王鸣鹃笑话，又补充说，"可能那个样子我一辈子也忘不了，所以才总在我眼前出现，哦不，是总在我眼前的镜子里出现。"

王鸣鹃问："我说的话你信吗？"杨晓宇点点头："我当然信。"王鸣鹃又问："这里是什么地方？"杨晓宇摸不着头脑："这里是疗养院啊。"王鸣鹃冷笑着说："得了，那是说出来好听的。这里是精神病院，我是精神病人，脑子有问题的，我说的话你也能信？"杨晓宇想了想说："我只想知道真相，不管说出真相的人是谁，只要是真相我就相信。"王鸣鹃说："你怎么判断你听到的甚至你看到的就是真相？"杨晓宇说："根据我的知识来判断。"王鸣鹃步步紧逼："当你的知识和你看到的东西产生冲突了，你怎么办？比如你看到了镜子里的刘夏，你怎么解释。"杨晓宇说："我想那是我的幻觉吧。"王鸣鹃摇摇头："你在用你的知识掩盖真相。"杨晓宇想了想又说："我要看看是不是还有别人跟我看到一样的东西。"王鸣鹃点点头："告诉你吧，你看到的东西，别人也看到过，我也看到过。"杨晓宇差点跳了起来："你也看到过镜子里的刘夏？"王鸣鹃摇摇头："我也看到过镜子里不能解释的东西，我甚至还见到过自己的影子在镜子里消失的情景。"

王鸣鹃接着说："这世上假如只有两个人，一个人说真一个人说假，谁也说服不了谁；可是当这世界上有十个人，九个人说真，一个人说假，那么说假的人就会被认为是有病，而这事情的真假已经不重要了。"杨晓宇不解。王鸣鹃说："现在咱俩都说假，咱俩就都会被认为有病。所以我跟你说的话，你信也好不信也好，不要轻易对别人说，更不要信誓旦旦认真地说，你越认真，人家认为你的病越重。"杨晓宇似懂非懂。

王鸣鹃说："当年在玻璃厂的八楼，半夜十二点的时候，两扇电梯同时打开，两面镜子互相照射，你就可以从我们这个世界进入镜子后面的世界。那个世界就是我们从镜子里看到的一切，本应该和现实世界一模一样的，可是那个世界对我们来说是无声的世界，我们听不到那个世界的一点声音，那个世界也听不到我们这些来自镜外世界的人发出的一点声音。

"我曾经去过，又回来过，当然我刚开始并不知道我去了另外一个世界，因为一切看起来都跟现在的世界一模一样。只是我发现跟他们交流的时候，跟那个世界的我的父母交流的时候，他们印象中的我完全不一样，时间和地点也许一样，可是说过的话、性格爱好等完全不一样。我才意识到，其实在镜子里本来应该有另一个我，可是当我进去的时候，她就消失不见了。"

王鸣鹃触摸着身边的镜子，看着镜子里的人像说："当我回到这个世界，她又出现了，你看。"杨晓宇说："你是说我们看到的镜子里的人像，并不是人像，而是人？"王鸣鹃说："我解释不了，我只是推断，他们有自己的跟我们完全不一样的性格，只是由于某些原因，当我出现在这里，出现在镜子前的时候，她也必定在同时同地出现在镜子前。至于当我们离开镜子，你怎么知道镜子里的人像正做着跟你一样的事情？比如，你想过当你转身离开卫生间，关上灯后，镜子里的人还站在镜子前的情景吗？"杨晓宇被王鸣鹃说的话吓了一跳，想想那种场景，确实挺瘆得慌。

王鸣鹃继续说："可是当我们这个世界的人穿到那个世界，就会产生一些变化，镜子里外不再对称了，所以你会看到些我们这个世界没有的东西。我猜，只有身边有亲近的人进入那个世界，才会使周围的人看到异样吧。"她随手扔了一块石子，丢进人工湖里，"就像那块石子，虽然只有石子进水里了，可是周围也产生了涟漪，我们看到的那些奇奇怪怪的东西就是这些涟漪吧。"杨晓宇听得呆住了。他觉得这是多么伟大的设想，或者多么奇妙的构思啊。

王鸣鹃没有停下来的意思，继续说着让杨晓宇头大的故事："我进去了三天，那个世界的人没有什么问题，可是我回来后，我爸妈说我丢了三天。我带着刘青山再次进去的时候，我头疼欲裂，也许是里面的那个我的思想，或者灵魂，受到了干扰。有时候我会自己冒出来一些从未有过的想法。后来我经常怀疑是不是因为去过那里，把那里面的那个我的一些东西带了出来。刘青山也进去了，他再没回来。"杨晓宇说："你是说刘夏也在那个世界？"王鸣鹃点点头："这就是为什么那天晚上他彻底消失不见了。这也能说明为什么你在镜子里会看到他。"杨晓宇继续问："为什么我只在梁奶奶家看到他？"王鸣鹃说："那里的世界跟外面的世界一模一样，他也一定生活在梁淑珍家里，所以你才能在那里见到他。他刚失踪那些天我经常去他家附近寻找，可是他们似乎离开了洛县，我好长时间都没有在镜子里看到他们，我猜他们一定是去别的地方了。世界那么大，我不知道该去哪里找他，我是说刘青山，只有他能证明我的清白，我当时被作为嫌疑人对待。你说最近看到他了，我想他们一定是最近回来了。"王鸣鹃停顿了一下又说，"每个人都有自己的选择，他们一定有理由不想回来，我们又何苦非要把他们拉回来呢？"杨晓宇问："那当一个人在那个世界的时候，他能和我们这个世界的人交流吗？"王鸣鹃摇摇头："就我那三天的经验来看，我们在现实世界看到的镜子里面是他们的世界，可是当我们进去的时候，看到的似乎还是他们的世界，似乎我们只是单向地看着他们，他们却看不到我们。或者，我也不知道他们看到的是什么。"

杨晓宇显然被王鸣鹃的这套理论震惊了。他最高兴的是有人和他看到一样的东西，他就不用再担心自己的精神出了毛病。王鸣鹃却淡漠地对杨晓宇说："你就当这一切都是精神病院里一个疯子说的话吧。"杨晓宇跟着王鸣鹃问："你说的入口在玻璃厂？可是那里现在已经是住宅区了，再没有电梯和镜子了。"王鸣鹃说："也许那些入口无处不在，你只是需要在合适的时间出现在合适的地点而已。"杨晓宇问："这十年来，你尝试过吗？"王鸣鹃点点头又摇摇头，她抬着头看着远处的天空说："有时候我在想，我这样不负责任地闯入另外一个世界，那另外一个世界的我就这样平白无故被剥夺了生存的权利，是不是有点残忍？我当然想找回那些消失的人。但是，虽然镜子里的人是我的影子，可她似乎也有独立的思想，也是那个世上唯一的王鸣鹃，也有父母宠爱。"杨晓宇点点头，他说："可我是真想解开这些年的心结。"王鸣鹃又说："其实我还有很多事情没有搞清楚。这十年来我一直在想一个问题，我去过那个世界，我找到了刘夏，我知道刘青山也在那里。可是二十几年前刘青山的父亲刘永住也消失了，我去过的那个世界，刘永住也在，但他不能跟我交流，说明他本来就是那个世界的人。那真正的刘永住哪里去了？我又想到林大志，他也是个谜。他无法跟我们交流，我猜他也不是我们这个世界的人，可我现在没办法求证。我找不到他，林大志才是这一切的关键人物。"

杨晓宇问："林大志是谁？"王鸣鹃看了看杨晓宇，显然秦佩佩都没跟他说过林大志的事情。她说："林大志就是玻璃厂看门的那个老人，他曾经是玻璃厂的厂长。他的妻子是秦怡，也就是……"她顿了顿，"秦佩佩的姑姑。"她看着杨晓宇张大的嘴巴，"先是秦怡和刘永住一起失踪了，后来林大志也出了毛病。秦佩佩没跟你说，大概是因为她自卑吧。"

杨晓宇低下头说："佩佩这些年受苦了。"他抬头时发现秦佩佩已经站在他身边，眼里噙着泪水，她显然听到了王鸣鹃说的话。她并不怪王鸣鹃把这些告诉杨晓宇，她早就想说，可一直不知道怎么说出口。她说："晓宇，以前我不懂事，觉得自己本来就没有父母，姑父还是个聋哑人，所以我从来不让他去开家长会，从来不让他在外面跟我一起走，从来不带同学去我家。我觉得这是一种耻辱，我看到别的孩子跟光鲜亮丽的父母走在一起，我头都抬不起来。我不愿意让别人知道我跟一个又聋又哑的怪老头生活在一起。"杨晓宇说："我见过你姑父，是有点怪，可是现在听你说，我觉得他是个伟大的人。"秦佩佩哭着说："晓宇，这是我唯一一件瞒着你的事情，现在我终于放下包袱了。"

王鸣鹃说："你们要是能找到林大志，或许他能解释这一切。"秦佩佩摇摇头："自从那年我从火车站跑了回来，我就再也没见到过他。"王鸣鹃说："你见不到他，并不代表他见不到你，也许他知道你当时不愿意面对他，就索性没有再出来找你。不过，你一个十几岁的女孩，能自己生活这么长时间，你不觉得奇怪吗？"秦佩佩擦干眼泪说："你是说，他在暗中帮我？我觉得这些年都是晓宇在帮我。"王鸣鹃说："我只是猜测。想想你生活中有没有什么奇怪的事情？比如你生活的费用都是从哪里来的？"

秦佩佩说："他以前会给我零花钱，后来索性给了我个存折，告诉我那是我爸妈的抚恤金，每个月都定期打进去一些钱。"王鸣鹃说："你自己想想吧，也许你爸妈根本没有什么抚恤金。也许你能从那个存折上找到些线索。"

第十三章 日记

＝
＝
＝

请记住，那些离开你的人，

并不是不爱你，他们也许是不得已。

＝
＝
＝

刘青山擦了擦脸上的汗水，随手抓起放在工地案板上的馒头，放在嘴里大嚼起来。他看着建筑工地上狂躁的机器，自己却听得见馒头在自己的嘴里被碾碎的声音，还有喉咙吞咽的声音，这十年来他早已经习惯了这样的安静。

　　当年在吴美萍的安排下，刘青山和刘夏离开洛县，到了相隔几百公里的邻省，开始新的生活。吴美萍用自己的积蓄，在当地买了一套小房子，那也是吴美萍的外婆家，还托人把自己的工作也做了调动。刘青山的厂子本来也要解散，他就跟着吴美萍来到异地。这也是为了减少吴美萍和父母的紧张关系，他俩正式到民政局办了复婚手续。

失去了语言的能力，刘青山只能做些体力活，不过他觉得只要能跟吴美萍和刘夏在一起，这些都不是问题。然而没过多久，他发现，除了失去听力和语言能力，他还面临着更多的问题。不论是油条还是其他什么饭菜，他平时爱吃的，现在都变得味同嚼蜡，只能充饥。他失去了嗅觉、味觉，失去了对所有食物品评的能力，在别人眼里，他什么都吃，只要把胃填满就行了。儿子也面临同样的问题，以前只要给他做红烧鲫鱼，他能吃好几碗米饭，现在儿子的胃口跟自己一样，吃什么都无所谓。吴美萍是个热爱美食的人，这样一来，无论她做了多好的饭菜，爷俩也只是装作好吃。没过多久吴美萍也发现了这个问题，当然她也无可奈何，只是少了做饭的激情。

刘青山曾想过要回去，可是隔了一段时间回到玻璃厂，发现厂子已经面目全非，这下他失去了选择，不知道该如何回到原来的世界。这样也好，他就索性死心塌地地跟吴美萍生活在一起。他不定期回到家里看看父母，然而这所谓的父母让他觉得非常生疏，母亲变得小肚鸡肠，而且非常讨厌吴美萍，说吴美萍又一次把自己的儿子拐跑了，父亲则胆小懦弱。每次回到家里，他们总是要劝刘青山回家来，跟吴美萍分开，渐渐的，刘青山带儿子回来的次数就少了，只是逢年过节才回来看看。

刘夏死活不肯去聋哑学校，刘青山还好算个知识分子，就把刘夏的高中课本买回来，自己在家教他。即便如此，刘夏也没办法参加高考，最后刘青山托人让他进了本地的一所大专学校，学习计算机。刘青山几次问过刘夏，你恨不恨爸爸，如果我们当时立刻回去的话，也许不至于这样。刘夏从来没有流露出一丝犹豫，他说："爸，你觉得现在的生活是你想要的，那就行，我也可以按照我自己的方式生活。虽然有些难，但是都能克服，至少我们俩还能说话。"

话虽如此，刘青山还是觉得是自己影响了孩子的一生。而且他发现了儿子的性格开始变得古怪，上午还明明喜欢一幅画，下午就把它撕得粉碎。更让刘青山觉得吃惊的是，经过了几年时间，儿子的样貌、体重、身高，竟然一点变化都没有。他忽然意识到了，在这个镜子的世界里，他也许永远都将保持着自己进入镜子时的那个样子。不过他在镜子里看不到自己，刘夏也看不到自己。刘夏从学校毕业后，在一家电脑城打工，几次都被误认为是童工。

随着时间的推移，吴美萍和刘青山的样貌开始出现明显的差异。虽然刘青山没有留意，可是吴美萍已经注意到周围人的目光。她和刘青山走在一起不再般配，很多刚认识吴美萍的人都会问她："你老公好年轻啊？"有时候吴美萍盯着镜子，会觉得自己这十年来老得明显，而时间就像是宽恕了刘青山一样，他还和刚跟自己复婚的时候一模一样。刘青山总是安慰吴美萍道："不论你长什么样，在我眼里都是最美的。"

有了手机，刘青山跟吴美萍交流方便了很多，就用手机打字，这样比随时带着一支笔和一个本子要好多了。刘青山跟吴美萍说："美萍，这辈子，我从没想过能和你这样安静地过这么长时间，我从不后悔自己的决定。可是唯一让我放不下心的就是刘夏，我不知道自己的选择对他来说是对还是错，我觉得是时候让他做自己的选择了。"

吴美萍这些年来对发生在刘夏和刘青山身上的事情已经开始渐渐相信，她开始相信他们所谓的另一个世界也许是真实存在的。她说："青山，孩子终将离开父母，也许现在这样对他真的不好。他还能回到原来的世界吗？"刘青山说："我不知道，或许想想办法也有可能。不过美萍，你放心，我是不会再离开你的了。"吴美萍点点头。

一天，刘青山把刘夏拉到自己房间，刘夏不知道为什么父亲这么严肃，只听见刘青山说："儿子，爸爸现在要跟你商量一件事情。"刘夏说："爸，你说吧，什么事？"刘青山眼里含着眼泪说："儿子，你已经长大了。我们本来不属于这个世界，我是为了寻找你才来到这里，可是我发现了你妈妈。也许她不是你真正的妈妈，可是在我眼里她十分重要，我不能再离开她了。谢谢这十年你陪着我，让我感到我又重新拥有了一个完整的家。不过我知道，你并不开心，以前你小，还不能独立生活，现在你大了，我想，如果你想回到原来的世界，我不会阻拦你的。"刘夏说："爸，你不是说回不去了吗？再说我跟你们在一起也很开心啊。"刘青山说："你看不到镜子里自己的影像，所以你不知道，这十年来你的样子一点都没有变过，你不觉得我这十年也没有变化吗？我猜在这个世界里也许我们将永远保持这个样子。"刘夏说："那不是长生不老了吗？不过那又能怎样？"刘青山说："如果你是为了我着想，那完全没有必要。我内心也有愧疚，我自私地留在这里，只为了自己。你奶奶一定很着急，这十年不知道她怎么样了。我也不知道怎么才能回去，你要是做了决定，可以去找找王鸣鹃，或许她有线索。"

　　刘夏不知该怎样面对父亲这番话。自从父亲找到他，他感觉到了父亲的变化，由严厉变为更多地征求他的意见，也体会到了父亲这些年的艰辛。不过这个世界的确不是他想要的，他失去了所有的朋友，失去了听觉，失去了语言能力，失去了嗅觉，唯有自己的工作还能给自己带来点生活的乐趣。刘青山说："儿子，爸爸已经想好了，命运掌握在你自己手里，你决定怎么办都随你，你做什么样的决定我都支持你，不管你是想留下来还是想回去。"刘夏说："爸，让我想想吧。正好这几天我有假期，我回去看看爷爷奶奶吧。"刘青山点点头。

刘夏自己乘火车回到洛县的家里。刘永住和梁淑珍知道孙子要回来，提前好几天准备了吃的。尽管他们对刘青山这个不听话的儿子颇为气恼，可是对这个唯一的宝贝孙子还是千依百顺。刘夏习惯了这样的应酬，对于别人为他准备好的食物，他都大口吃，装作很香，他实在很想念父亲做的红烧鲫鱼的味道，可是再也吃不到了。

爷爷奶奶日渐苍老，毕竟已经七十多岁的人了，看到孙子回来，还是脸上乐开了花。刘夏长大后觉得，有时候自己的快乐似乎并不那么重要，让别人快乐才是最重要的。让父亲快乐，让母亲快乐，让爷爷奶奶快乐，自己才会快乐？他也搞不清楚这些年自己想要的是什么，他躺在床上想着刘青山的话，也问自己："我的命运到底是什么，我是该像现在这样毫无感觉地生活着，还是像天边的流星那样，短暂而闪亮地划过一生？"他看着房间里的镜子，想着自己经历的一切和当时王鸣鹃说的理论。"虽然我在镜子里看不到他们，可是真实世界的人可以看到镜子里的我。那假如在那个世界也有人知道这个秘密，是不是我就可以向他发送信息了？"他又想了想，做出了决定："我要先找到回去的方法，然后再决定是不是要回去。王鸣鹃！对了，父亲提过她，我去找找她。"

刘夏打听到王鸣鹃的住址，敲门却没有人应，向邻居打听后才知道王鸣鹃好像精神出了点毛病，好多年前就被送到广镜市精神疗养院去了。刘夏失望而归。但他想出了一个方法，在自己房间的墙上贴了一张纸条："如果你在镜子里看到了这张纸条，请你帮帮我，我是刘夏。"墙的对面正好有一面镜子，刘夏走的时候叮嘱爷爷奶奶不要进自己的房间。

　　杨晓宇第一次踏进秦佩佩的家，才知道为什么秦佩佩从来不说自己的家在哪里，从来不带别人来。这栋房子孤零零地站在荒地里，而整个县里已经几乎找不到这种外墙还是泥土坯的房子了。屋里光线不好，一共只有两间房，一间秦佩佩的，一间林大志的。屋里除了两面大镜子，还有两个柜子，除此之外，几乎没有像样的家具。这样的房子不用说现在，就是倒退二十年也是全县最差的房子。

　　秦佩佩的房间还算干净，至少灰尘已经被抹掉，林大志的房间里则落满了灰尘。杨晓宇看看秦佩佩，他问："你姑父是个关键人物，咱们能不能到他房间看看？"秦佩佩说："房子其实在十年前我们要走的时候已经搬空了，剩下的都是带不走的，估计也没什么了。你去看吧。"杨晓宇推开门，看着光秃秃的房梁，光秃秃的床架，屋子的角落已经布满了蜘蛛网。靠近窗边，有两个古老的雕花衣柜，其实就是两个大木头箱子，要从上面打开。杨晓宇好奇地掀开柜子，一个柜子空空如也，另一个里面是两床棉被，看样子林大志当年走的时候没打算拿走被子。秦佩佩说："空的那个箱子原来放的是我的被子，我自己回来了就把被子放回我的屋子里了。"杨晓宇说："这被子也放了好久了，你都不晾晾吗？"秦佩佩说："我姑父的东西，我都没有动过。"杨晓宇摇摇头，捂着鼻子把柜子里面的被子抱了出来。正要扔到外面，"啪嗒"一声，一本压在被子最底下的日记本掉了出来。

杨晓宇把日记本捡了起来，看了秦佩佩一眼，秦佩佩摇摇头，表示不知道怎么回事。他翻开看了看，激动地说："这好像是你姑父的日记，我们能看看吗？"秦佩佩眼神里有些犹豫，不过最后还是点点头。日记的头一页是1980年元旦，虽然字迹已经有些模糊，还是基本可以读通：

1980年1月1日　晴

新的一年开始了。厂里的活儿越来越多，红红火火的，我作为厂长，看着心里开心。

个人方面，我跟小秦做出了决定，虽然条件不好，也要把佩佩抚养成人。这孩子的父母没能从那场动乱中熬过来，我们一定会像亲生父母那样对她。年前去老家把这孩子带了过来，条件艰苦，两个人轮流带吧。厂里有托儿所也可以帮忙，只要咬咬牙，什么困难都能熬过去。

杨晓宇看了看秦佩佩说："这是他们刚把你带回来的时候吗？"秦佩佩看到关于自己的事情，眼睛有些湿润。她也

236

很好奇，想知道这些年姑父到底是以怎样的心态在带自己。
她着急地往下看。

林大志的日记并不是连续的：

1980年2月15日　阴　小雪

今天是除夕，厂里的工人都早早地回去了，我跟小秦
也是，回家张罗年饭。本想回老家过年，无奈厂子里事
情太多，根本走不开，就在洛县过年吧。今年有了这个
孩子，家里也热闹了，小秦把剩下来的布都给孩子做了棉
袄，我知道她心疼孩子，这孩子看着着实让人喜欢。

好久没有回去看看父母了，作为儿女我心里有愧。
除夕夜本该合家团圆，不过厂子的事情最重要，我想父
母他们会理解我这个做儿子的。

杨晓宇继续往下翻，大部分都是记录厂子里的人事变
动、订单以及原材料采购等等，看得出秦怡和林大志在那一
年确实一心扑在厂子上。杨晓宇问："佩佩，那时候你几
岁？"秦佩佩说："不到两岁吧。"杨晓宇叹了口气，他从
日记中看出，两口子经常带着秦佩佩上班。

杨晓宇继续向后翻。当看到日记记到1981年7月末的时
候，他的速度渐渐慢了下来：

1981年7月30日　晴

今天新办公楼竣工，下周准备迎接县里领导来考察，所以一切事情必须赶在下周末前完成。这些事项交给老刘办理，我让小秦帮他，我现在必须全力以赴响应省里号召，争取让厂里的产品走出国门。市里举办的一场招商引资会展，是个大好的机会，我们必须做到最好。

1981年8月15日　阴　小雨

县里领导来视察，进行得很顺利，并且电台来采访，对我厂做出的贡献给予了高度评价。老刘工作认真负责，生产抓得很好，我在外面很放心。几件准备带到省里的样品已经初步做好，现在需要研究下一步方案。

1981年8月30日　晴

今天预展的时候跟几个同行交流了一下，发现我厂的产品还是很有竞争力，不过进行横向比较的时候，我也发现了产品的不足。已经跟老刘研究过，老刘对重新出样品很有信心，但对几个细节不是很清楚，我争取把同行的产品样品带回来做个研究。

省长给我们几个兄弟厂开了会，这事关中央下达的改革开放的头一批任务，我们势必做好自己的产品给祖国争光。

1981年9月1日　晴

今天我终于把带回来的样品给了老刘，现在已经午夜了，应该说已经是9月2号的凌晨了，我今天就睡在单位了。我让老刘和小秦他们先回去，他们已经几天没回家了。另外我担心佩佩几天看不到我们，她一直由后村的农户照料，还是有些不放心，小秦回去看看也好。

1981年9月2日　晴

觉得身体有些疲惫，不过看到老刘早上过来气色不错。小秦早上来告诉我孩子很好，我很放心。早上老刘都是很早来，小秦也是，他们想让我早点回去休息。我知道身体是革命的本钱，也希望其他同志们都知道。今天临走的时候，发现门口的窗户上似乎有人在往里看，我们三个都在屋里，厂里这么早不会有其他人，我担心是自己的身体出了状况，今天必须保证良好的睡眠。

1981年9月3日　晴

小秦担心我的身体，我让她放心，老刘说不用担心，他们应该可以在周末前把样品给我，这样我回省里参展会有更大的把握。我相信同志们的力量，厂里的工人们也在努力攻克难关，我相信我们能拿下来这个订单。

今天还是看到窗口人影晃动，好像有人在往屋里看。我开门看外面没有人，心里很是疑惑。也许像小秦说的，我是最近太紧张了。

今天回到家，看到佩佩果然像小秦说的那样健健康康的，我很放心，农户们照顾得很细心，是我多虑了。

1981年9月4日　阴

今天我撑到最后一个走，进电梯的时候似乎电压不稳，灯光闪了几闪，我得让电工检查一下，毕竟是刚刚落成的新大楼，不应该有问题。其实现在已经是9月5日了，最近经常把日记拖到第二天写，我应该检讨。

希望明天拿到成品，可以返回省里。今天佩佩睡得好安静，屋里一丝声音都听不到，我想我可以睡个好觉了。小秦和老刘还在做最后的审查，希望他们没有任何问题。

1981年9月5日　晴

到底发生了什么？我是生病了吗？我现在什么也听不见，一丝声音也听不见。别人的声音我听不见，我说的话他们也听不见，我是哑了吗？还是最近压力太大身体出了什么毛病？

小秦和老刘竟然不见了？在这么关键的时候，样品

240

也完了。我这不是辜负了领导对我的期望吗？小秦，你去哪里了？我不相信他们说的，他们说你们两个9月2号就不见了，我明明还和你们在一起，到底是我疯了还是世界疯了？秦怡，我等你。

　　1981年9月6日　小雨
　　我的生活出现了困难，我竭力让自己冷静下来。我不敢看镜子，因为我竟然看不到自己在镜子里的影像，我是不是变成了魔鬼？秦怡，我这时候真的需要你在我身边，可是你不在，我不知道该怎么办。只有佩佩，我看着她的小脸，才能看到一丝希望。
　　是我出现了幻觉吗？他们头上为什么都有个黑点，我也想看看自己，可是我看不到。我好像消失在这个世上了。

　　杨晓宇看了看秦佩佩，一脸诧异。秦佩佩也不知道自己的姑父有着这样纠结和挣扎的过去。
　　这之后日记本的纸张开始出现严重的破损，看得出虽然压了很久，还是有许多压不平的折痕，还有很多被撕去的痕迹，好像林大志的思想挣扎得很厉害。从那时候起，林大志的笔迹开始变得潦草。

1981年10月30日　晴

我告诉自己，必须坚强，为了孩子，我怎么样也得坚持下去。我不愿意离开厂子，虽然很显然我已经无法再担任厂长了，老刘和小秦也都不在了，我不知道自己还能干什么。我怎么这么没用，一下子变成了废人。

渐渐领导的帮助，可以让我重新回到厂里，哪怕做一个看门人，我也不能离开厂子。更重要的是，我要把孩子带好，秦怡，你回来的时候一定不会失望。

随后的日记林大志的笔迹似乎又渐渐恢复了平静，他记录了不少跟王鸣鹃的推测相同的东西，但是他似乎更多地把重心放在了孩子身上。

1984年4月3日　阴

佩佩三岁了，可是我听不到她说话的声音，她说话一定很好听。她不喜欢我送她去幼儿园，她年纪这么小就开始有脾气，我知道她一定也明白自己没有爸爸妈妈。我对不起这个孩子，可是我还能怎么办呢？

最后一篇日记是在1987年，秦佩佩知道那是自己上小学的时候。她看到姑父的心声，心里难过极了。每次上学，姑父都远远地跟着她，放学也是一样。晚上姑父看她睡着了，才去厂里打更。她想到这些年姑父对自己的照顾，自己却从来没有回馈过他什么，忍不住哭了出来。杨晓宇安慰她道："佩佩，我知道你心里难过。我觉得你姑父真是个少有的伟大的人。别哭了，我们还是想想怎么找到他，到时候你再报答他也不迟。"秦佩佩点了点头。

　　秦佩佩拿着自己的卡到银行去查——几年前她就把存折换成银行卡了——但银行并不愿意帮她查找汇款人。秦佩佩急着说："这是我失散多年的亲人，您一定帮帮忙。"银行职员嘟囔了一句："失散多年怎么还能定期给你汇款？"秦佩佩不好意思地说："我之前一直以为这是我爸妈的补恤金，自动打到我的卡上的，其实是我这个亲戚打的。"秦佩佩连说带求，银行职员没办法，只好帮着找了一下，最后给了她个地址，说："每次打钱都是柜台现金汇款，地址我给你写在纸条上了，不在本市。我只能帮你到这里了。"秦佩佩万分感谢，她看到纸条上写着："江北市凌云区凌云支行"。

　　江北市在邻省，坐火车也要好几个小时。今天刚好是4号，秦佩佩知道每个月5号钱都会准时到账，她不想再错过了，赶紧订了票。临走的时候她跟杨晓宇说："这本日记里面的东西也许能帮助王姐，你带给她看看吧，我去找我姑父。"杨晓宇让她注意安全，秦佩佩点点头："你放心吧，我不会丢的。"

下了火车，秦佩佩环顾四周，虽然已经过去十年，可是她分明记得当年倔强的自己就是从这个火车站往回跑，偷偷搭上了回去的列车。回忆起那些往事，她不禁为自己的行为感到后悔，可是想想，如果当年她不是偷着回去，也许就不会有和杨晓宇的今天。命运总是阴差阳错，这样是好还是不好，谁又知道呢？

　　秦佩佩到了凌云支行，发现已经关门了，没办法，只好在附近找了间旅店，给杨晓宇打了个电话报了平安。她感叹自己来得及时，心想，明天我就守在银行门口一天，一定能等到我姑父。第二天一早，秦佩佩八点半准时等在了银行门口，一开门就在银行服务等候区找了个好位子，目不转睛地盯着进出的人，还带了两块面包和一瓶水，准备寸步不离。

　　可是从上午银行开门一直等到下午四点钟，银行还有半个小时就要关门了，她压根就没有看到有上了年纪的人来办理汇款，这让她十分沮丧。临走的时候，她看到了门口有一个上了年纪的保安，正在准备拉下卷帘门。她脑子里转了一下，赶紧上前问："老师傅，我能不能跟您打听个人？"那个保安回头看看她："什么人？"秦佩佩赶紧说："是一个上了年纪的老人，他每个月5号都来这里汇款。"保安继续问："多大年纪啊？长什么样？来这里存款取款的多了，你这么说我哪能知道。"秦佩佩一时语塞。她不知道现在姑父

244

长什么样，应该怎么描述，她有点脸红。保安看她不说话：
"他还有什么特征啊？"秦佩佩说："哦，对了，他是个聋
哑人。"

保安停下了手里的活儿："你说的是老林？"秦佩佩像
抓住了救命稻草："对对对！"保安冷冷地看了她一眼：
"你一定是她女儿了，这里几乎每个人都认识老林，他每个
月3号准时来这里，给他远方的女儿汇钱，说她女儿在读大
学。你们这些年轻人啊，唉！"他很不满意地摇摇头。秦佩
佩恍然大悟，汇款到账有延期，自己每个月5号收到钱，其
实是两天前汇出来的。她走出了银行，一屁股坐在大理石台
阶上，觉得委屈异常，不知道是恨自己还是恨别人看她的眼
神，头靠着膝盖啜泣起来。

"姑娘，你怎么还在这里？"秦佩佩抬头一看，是那
个保安下班了。她擦了擦哭红的眼睛："我大老远从外地
赶过来，也没有他的联系方式，想想还要再等一个月，我
就……"保安叹了口气："你们这些孩子啊，不理解老人
的苦心。你要记住，子欲养而亲不待啊，还好你现在能醒悟
过来。走吧，我知道老林家住哪里，我带你去。"秦佩佩喜
出望外地跟上他。保安一路走一路叨咕："这个老林啊，就
是死心眼，他每个月给你汇钱，得汇了十年了。这里的街坊
邻居都知道他有个宝贝女儿，可是谁也没见过，时间长了，
大伙虽然不说，可是都知道这女儿不怎么孝顺，要不然，再

忙，怎么从来没见她来看过老林？他前些年每周都回一次老家，雷打不动，说去看女儿。这些年去得少了，一个月一次，说女儿大了，自己能照顾自己了，大学也毕业了，不用他了。我们都劝他，留着钱自己养老吧，他总是不听，一个人闷闷的。年轻人，你们要多体谅体谅老人，多孤独啊，这么大年纪还替你们想，你们做儿女的从来都不替老人想想！"

秦佩佩脸憋得通红，可是一句话也反驳不了，只能默默地跟在他身后。保安看秦佩佩好像也知道错了，语气稍微缓和了一点："我看你这姑娘也不像是狼心狗肺，现在好好对你爸爸还来得及。"他指了指一栋破旧的老楼房，"老林住在301，你去吧，好好陪陪他，他都孤零零住了十年了。"

秦佩佩顾不得和保安道谢，她疾步奔上楼梯，开始敲301那扇破旧的铁门，却敲了很久也没有动静。她这才想起来姑父是聋哑人，听不见敲门声。她又仔细看了看，发现门上有个按钮，她使劲按了按，似乎从猫眼里看到里面有灯光在闪，这一定是提醒聋哑人的特殊门铃。可是等了一会儿还是没有人来开。秦佩佩有点绝望地坐在楼梯口，正在这时，对门的门开了，一个白发苍苍的老太太探出头来问："你找谁啊？"秦佩佩连忙站起来说："请问，林大志住在这里吗？"老太太打量了一下秦佩佩，说："你叫什么名字啊？""我叫秦佩佩，林大志是我亲人，我们已经失去联系

246

好多年了。""你到我屋里来吧。"秦佩佩不明所以，不过老太太看着不像坏人，她便起身跟着老太太进了屋。老太太让她坐，自己转身进了卧室，不一会儿她出来了，手里拿着一个信封。递给秦佩佩说："你来晚了，老林走了。"

老太太给秦佩佩倒了杯水，自己也坐了下来，慢悠悠地说："老林上个月就跟我说过要走，可是他要等着发完工资，把钱汇走才行，所以等到了前天。他把信给了我，说要是有个叫秦佩佩的姑娘来找他，就把信交给她；要是过了很长时间还没有人来找呢，就把信寄出去。这不，他才走了两天，你就找上门来了。"秦佩佩急忙问："他没说去哪里了吗？"老太太摇了摇头："他以前也经常出门，每个月都到外地去几次，这次好像有点不一样，但他也没多说。"秦佩佩低头看了看信封，上面的地址竟然是自己在广镜市的工作单位。她谢过老太太，回到旅馆把信打开。

佩佩：

    原谅我没能给你一个完整而幸福的家庭。当年你的父母把你托付给我们，我们想到了未来的艰辛，也决定把你抚养长大，可是后来发生的事情出于我们的意料。我无法给你一个美好的童年，我知道成长在这样的家庭给你的内心造成了很大的伤害。可是相信我，我一直把你当亲生女儿看待。但我不愿意像别人那样隐瞒真相，所以你一懂事我就给你看过你亲生父母的照片，他们不是不爱你，只是每个人都有不得已的苦衷，希望你能谅解。

十年前，由于一些事情，让我不能继续在洛县住下去了，所以想离开洛县，回到江北市。这里是我的老家，我已经很久没有回来了。我知道没能跟你好好地沟通，导致你不能理解，自己偷偷地跑了回去。我担心你，一直跟在你后面，生怕你出意外，看到你回到家，我才放心。我想把你带回去，可是我知道你跟我在一起只会生出更多的自卑，我是个聋哑人。那时我真的犹豫了，我做了个冒险的决定，我决定在暗中帮助你，让你自己生活。这也许对你而言是个挑战，但是也许只有这样才能让你坚强地站起来，更加勇敢地生活下去。

那两年你辍学期间，我真的很痛苦。请你相信，我一直都没有放弃你。你有很好的自制力，又有你的好朋友帮助你，直到你重返学校那天，我才终于放下了心里这块石头。你做得很好。你上了大学，我更加安心了，直到你找到了工作，还有了个爱你的男朋友。我看得出他是真心地爱你，可是原谅我不能作为你的家长跟他们会面了，我想那也不是你想要的。但是不管怎样，不论小秦在哪里，我现在都可以跟她说，秦怡，咱们没有辜负孩子亲生父母的嘱托，她现在终于可以独立自主地生活了。

也许你知道，也许你不知道，在我身上发生了很多不可思议的事情。这二十几年来我一直在寻找真相，如今我似乎已经找到真相，但是一切还不确定。你可能觉得可笑，不过我还是要说，也许我本来就不该出现在你的生活里，本来就不属于这个世界。看到你独立了，我也算完成我的任务了，我想我该回到我来的地方，寻找属于我自己的生活。你不需要挂念。

唯一的遗憾是，我听不到你叫我一声爸爸，哪怕是叫我一声姑父也行。

请记住，那些离开你的人，并不是不爱你，他们也许是不得已。

父亲　林大志

秦佩佩看到最后的落款"父亲"时，禁不住"哇"的一声大哭起来："爸爸，对不起！我真是个不懂事的孩子，我真傻，有这么好的爸爸居然还不满意，爸，我错了！"她想起那个保安的话："子欲养而亲不待。"她真恨不得抽自己几个嘴巴。可是林大志到底去哪儿了呢？她想了想，给杨晓宇打了个电话。电话里，她忍不住再次哭了起来。

第十四章　长不大的孩子

＝＝＝

＝＝＝

＝＝＝

=
=
=

就像我爸说的，就像这十年是一场梦。

陪着我爸好好做了一场梦，我醒了，他还睡着呢，

你能从梦里把东西带到现实里去吗？

=
=
=

杨晓宇劝她别哭，跟她分析说，林大志也没说去哪里，也许回到了洛县也说不定，他让秦佩佩先回广镜市再说。秦佩佩也没有别的办法，第二天早上就坐上了回程的火车。杨晓宇来接她的时候，一眼就看到她红肿的双眼。秦佩佩的性格其实挺稳当，可这时候也急躁起来。她在广镜市火车站刚下车，就给陆嘉打了个电话，说家里出了点事情，明天不能上班了。杨晓宇看她这样，怕她出意外，也只好自己请了假，陪她坐上了回洛县的汽车。

路上杨晓宇告诉秦佩佩，他把日记给王鸣鹃了，希望她能找到些线索。秦佩佩也把林大志的信给杨晓宇看了，杨晓宇说："唉，你姑父真是个重情义的人，即使亲生父亲也未必能做到这样吧。你要是真找到他了，咱俩一定好好孝顺他，让他开开心心地过好日子。"

下了公路，秦佩佩一路小跑往家赶，杨晓宇在后面直追。可是临到家门口的时候秦佩佩的脚步慢了下来，她发现家里的烟囱居然冒烟了。她看了一眼杨晓宇，杨晓宇也纳闷："真的是你姑父回来了？"秦佩佩急忙推开门，她印象中的姑父林大志居然正站在灶台旁边烧饭，还穿着那件洗得发白的制服，衣服上别着的钢笔都没有拿下来。看到闯进来两个人，他一脸诧异地问："你，你们找谁？"

秦佩佩吓了一跳："姑父，我是秦佩佩啊，你从江北市回来了？姑父，你怎么会说话了？你能听见我说的话了吗？"她一把搂住姑父，甚至不敢相信这是真的，哭着说，"爸爸，你就是我的亲爸爸！"杨晓宇也不敢相信眼前的奇迹。

林大志缓缓地推开秦佩佩，他盯着两个人问："姑娘，你们认错人了吧，我从来都不认识你们啊？什么一会儿姑父一会儿爸爸的？"秦佩佩说："从今以后，我就叫你爸爸！爸，你别开玩笑了，我是佩佩啊，你养了我二十多年，我都没来得及报答你，现在好了，老天有眼，真的给了我这个机会。爸，你怎么突然能听见也能说话了，这到底是怎么回事？"杨晓宇也说："是啊，林叔叔，你快点告诉我们吧，这到底是怎么回事？"

林大志莫名其妙地看着这两个年轻人，脸沉了下来："你们快走吧，不要在我这里胡闹了，我从来都不认识你们。你们要是不走，我可要叫警察了，不要欺负我是老头子。"说着竟然从灶台边抄起一根木头棍子。秦佩佩和杨晓宇这才意识到，他好像不是在开玩笑，他是真的不认识他们俩。

两个人对视一眼，只好退出屋子。秦佩佩有点要发疯的样子，死命地抓着杨晓宇，晃着他的胳膊："你快告诉我，这到底是怎么回事，这到底是怎么回事啊？"杨晓宇摇摇头，他说："去找王姐吧，我现在也说不清。"秦佩佩说："那我爸怎么办，我不能把他一个人留在这里啊。"杨晓宇说："他除了不认识我们之外，好像其他都挺正常，你没发现屋子都打扫得干干净净的吗？而且他还自己做饭，你不用担心。"秦佩佩想想杨晓宇说的有道理，只好作罢。

离开秦佩佩家，杨晓宇不好意思把秦佩佩带回自己家，想来想去，想到了梁奶奶家。梁淑珍正在家看电视，就把原来刘夏住的房间让秦佩佩凑合一宿。杨晓宇又好好叮嘱了一番，这才回去。秦佩佩这一天经历了太多，脑子里都是林大志的信，还有他回洛县后陌生的面孔，翻来覆去怎么也睡不着。坐起身来，她从刘夏的书桌上随便拿了一本书来翻，一抬头便看现了挂在书桌上的镜子。从镜子里，她看到背后的墙上贴了张纸条，由于开的是台灯，她看不清楚，于是把吊灯打开，一回头，却看到墙壁上光溜溜的什么都没有。这是秦佩佩第一次看到镜子里的异象，不禁有些毛骨悚然。她慢慢地凑近镜子，透过镜子看那张纸条，上面分明写着："如果你在镜子里看到了这张纸条，请你帮帮我，我是刘夏。"

秦佩佩揉揉眼睛，又回过头去看了看光滑的墙壁，什么都没有。她不相信自己的眼睛，用手在墙壁上蹭了一遍，千真万确，那墙壁上什么都没有，这下秦佩佩彻底相信了王鸣鹃的说法。秦佩佩反复读着那张纸条："如果你在镜子里看到了这张纸条"，这说明刘夏知道镜子的秘密，也知道自己的处境；"请你帮帮我"，说明他有难处。难道，是他想出来？

秦佩佩赶紧给杨晓宇打了个电话。杨晓宇沉思了一会儿说："我昨天已经把日记本给王姐了，现在咱们也做不了什么，等明天回广镜之后再说吧。"

早上杨晓宇来接秦佩佩的时候，特意到刘夏的屋子里转了一圈，秦佩佩说得没错，果然他也看到了那张纸条。他跟秦佩佩说："我们尽快回到市里，问问王姐有什么看法吧。她肯定能帮咱们，也能帮助刘夏。"

再见到王鸣鹃的时候，她依然坐在院子里，悠闲地翻着书。秦佩佩急急忙忙把发生的事情都说了一遍，包括林大志回来了，还有梁淑珍家镜子里的纸条。王鸣鹃盯着秦佩佩说："我觉得林大志和刘夏这是两件事情。对于你姑父的事情，我还不太确定，暂时没法给出结论；不过对于刘夏的事情，我有点把握，只是需要你们帮忙。"秦佩佩看了一眼杨晓宇。她知道刘夏对杨晓宇来说特别重要，同时也是他的好朋友。她说："王姐，你说吧，有什么要帮忙的？"

王鸣鹃带他俩回到房间。王鸣鹃的房间对面是个储物室，平时不怎么用，一直上着锁。王鸣鹃说："现在的问题是，你们需要去到那个世界带刘夏回来。刘青山当年被我领了进去，可是我却再也回不去了。他们大概要么不想回来，要么找不到回来的方法，玻璃厂早被拆了。我当年一直觉得玻璃厂的那间电梯是比较特殊的，但后来又想想，也许创造同样的条件，也可以打开那扇门。"

杨晓宇和秦佩佩对视了一眼，不明白。王鸣鹃说："我想了想成因，当时两部电梯内的镜子互相照射，在午夜十二点时走向其中的一部电梯，就能走进另外一个世界。现在没有电梯，也一时半会儿找不到那样的地方，我就想，你们把对面的门打开，储物室的门正好和我的门对着，我屋里有一面大镜子，你们再想办法找来另外一面，放到储物室，两面对照，也许就能形成去往那个世界的入口。不过不管怎样，我们先试试吧。"秦佩佩和杨晓宇表示一切听从王鸣鹃的指挥。

王鸣鹃屋子里的大玻璃镜是每个房间统一配置的，很容易找。秦佩佩找到陆嘉，说前几天请假不好意思，今天晚上让她值班。陆嘉很高兴，秦佩佩又说："陆姐，那间储物室的钥匙有吗？我想看看有没有东西可以用，顺便可以打扫打扫。"陆嘉说："你可真积极，那钥匙就在休息室挂着，你自己挨个儿试试就知道了。"

秦佩佩把储物室的门打开，里面灰蒙蒙的。她稍微整理了一下，发现正好里面配备了给其他病房的整套家具，她就和杨晓宇按照王鸣鹃的意思，把其中一面大玻璃镜推到和王鸣鹃屋子里的玻璃镜正好面对面。秦佩佩站在走廊中间，看着两面镜子互相照射出来的奇异景象，自己也为之惊奇。不过也许是镜子的质量不好，看到第三四层影子时已经开始扭曲模糊。她好奇地问王鸣鹃，这样就能进入另一个世界吗？王鸣鹃说："我只是设想，我也不知道。有几点你们要千万记住。"秦佩佩和杨晓宇认真地听，王鸣鹃继续说，"当你觉得周围特别静的时候，你有可能就到了那个世界了。你和晓宇互相说话是可以听到的，你们和刘夏也能正常交流，可是跟那个世界的其他人无法交流。他们对于你们来说就是无声世界，你们对于他们来说是又聋又哑。"他俩点点头表示记住了。

王鸣鹃继续说："有太多的事情我解释不了，不过你俩必须尽快回来。我没办法预料会发生什么事情，你们进去之后我也没办法帮你们。有奇怪的事情发生你们也别在意，你们会看到那个世界的人外貌都跟我们一样，可是他们的记忆、生活，完全是另外一码事。仔细看他们的额头，都会有两个黑点，可能是他们那个世界的人的标志，他们自己是看不到的。还有，你们去了那个世界，就看不到自己在镜子里的影子了，不要惊讶。"

秦佩佩说："王姐，你去过，你陪我们吧。"王鸣鹃摇摇头："那年我不是故意丢下刘青山的，我是被迫留在外面。我猜大概我只能进出一次吧。再进去的时候我的身体已经受不了了，头痛得要炸。"王鸣鹃顿了顿，继续说，"还有，两面镜子互相照射的时候，你们一定会看到，一面稍微亮一点，一面稍微暗一点，我猜因为其中一面是镜子里的世界，所以要比现实暗一点。你们进去的时候要朝着暗一点的那扇门走，出来的时候要向亮一点的那扇门走，千万别走错了。"杨晓宇问："要是进去时朝着亮门走，或者出来的时朝着暗门走，会怎样呢？"王鸣鹃说："我不知道，你要是想平平安安地回来，就按照我说的做吧，否则后果自负。"秦佩佩责怪杨晓宇在这个时候还瞎好奇，就像走在悬崖边上问："掉下去会不会摔死啊？"这种问题，只有你跳下去才会知道吧。

王鸣鹃没有理会两个人："找到刘夏和刘青山后，如果他们愿意回来，就带他们一起回来，不愿意就算了，人都有自己的选择，你给他机会选择了，剩下的就看他们自己了。"杨晓宇不明白他们怎么会不愿意回来，不过也没有多问。王鸣鹃再三叮嘱："你们过去了也是在广镜市，所以你们要找到刘夏现在住的地方，可能挺不容易的，一定要抓紧时间，尽量不要耽搁太久。你们进去了，这边的人就会以为你们失踪了，没准会报警。"秦佩佩赶紧说："王姐，你替我们打打掩护吧。"王鸣鹃摇摇头："你们得对自己负责。我有我的事情要做。"

杨晓宇给家里打了个电话，说要跟佩佩出去玩几天。杨建军也没说什么，只让他好好照顾佩佩。秦佩佩也没谁好告诉，就给孙院长发了个消息，说有点急事，今天值班之后这周就不能再来了。孙院长回她说没事，家里事重要。

临近午夜，秦佩佩再次检查完所有病人的房间，确认大家都睡了。她拉着杨晓宇的手，杨晓宇感觉到她的手心都是汗，安慰她道："没事，有我在，就算有什么事情，只要我们俩在一起，就没什么大不了的。最多我们就在镜子里生活，就当去旅行了。"

王鸣鹃表情严肃地坐在走廊里，她手里拿着那本老林的日记本，脑子里在想着另外一件事。她不太敢相信自己的设想，不过这也许能为十几年来自己的问题找到一个明确的答案，她并没有太在意那两个孩子。

还有几分钟到十二点的时候，王鸣鹃看得出来两个孩子都有点紧张，不过她心里更紧张。这十年来束缚在她身上的绳索能不能解开，她也没有把握。有了这两个孩子的帮助，总算是可以试试看了。

钟声响起的时候，三个人心里都"咯噔"了一下，既怕古怪的事情发生，又怕没有什么事情发生。不过正如王鸣鹃所预料，两个房间里的灯开始闪耀，秦佩佩和杨晓宇有点怕，王鸣鹃则心里高兴，她知道自己的方法奏效了。她镇静地向两个方向都看了看，说也奇怪，白天的时候两边的镜子都只能映出三四层映像便模糊了，而现在竟然清晰无比。

王鸣鹃发现自己的房间明显暗一些，而储物室的灯却强得刺眼："快，你们朝我的屋子走，快呀，记住我说的话！"杨晓宇和秦佩佩拉着手，走进王鸣鹃的房间，只觉得王鸣鹃的声音在背后越来越远，最后，当灯光不再闪耀的时候，一切都静了下来。王鸣鹃看着他俩消失在自己的房间，她脑子里另外一个声音也越来越强烈，离自己的房间越近，那个声音的力量就越强，好像要把自己的脑子分成两半。她强忍着不适感，扶着凳子，在灯光还在闪耀的时候，走进了储物室。

秦佩佩和杨晓宇被突如其来的寂静所覆盖，两个人只能听到彼此的喘息声。他俩走出王鸣鹃的房间，发现空荡荡的走廊里什么也没有，王鸣鹃也不见了。秦佩佩看了杨晓宇一眼，她知道一切正如王鸣鹃所说，他们真的来到另一个世界了。走出疗养院的时候，她挨个儿房间看了一眼，所有病人都在熟睡，并不见什么异样。杨晓宇倒是没有一点害怕，反而感到很新奇，他说："佩佩，好像王姐说的一点都没错。"秦佩佩说："你小点声。"杨晓宇说："怕什么，你随便喊都没人听得见。"秦佩佩一想，好像也是。

两人没空好奇，想起王鸣鹃说的话，要尽快找到刘夏，便出了门直奔火车站。好在广镜市是个枢纽站，往洛县方向的车随时都有，他们天不亮就到了洛县。两个人第一次坐这么寂静的火车，尽管车厢内人头攒动，可就像看电视把声音调到最小音量一样，只能听到电视机滋滋的电流声，其他什么也听不到。跟人交流的时候，秦佩佩就用手机把字打出来，别人看到他俩都是聋哑人，也乐意帮忙。

杨晓宇说："要不是王姐的提醒，我真看不出这是另外一个世界，我根本没发现有任何不同。"洛县的早晨一样灰蒙蒙的，甚至看不清日出的方向。"咱们去哪儿？"秦佩佩问："去梁奶奶家。咱们不是在那里看到刘夏的字条了吗？刘夏一定在那附近。"两个人直奔梁淑珍家，一阵敲门，没过一会儿，门开了，是个上了年纪的老大爷。秦佩佩急忙冲上去问："请问，刘夏住在这里吗？"那个老大爷奇怪地看着她，秦佩佩才意识到他听不见自己，急忙掏出手机打字给他看。老人戴上老花镜凑近了，点点头，拿出纸和笔写道："你们是刘夏什么人？找他什么事？"秦佩佩指着自己和杨晓宇，写道："我们是他同学，找他有点急事。"老人又写："他有时候一个月才回来一趟。早上刚出门赶回江北市去了，你们现在去车站也许能找到他。"杨晓宇拉着秦佩佩就跑，连道谢都没来得及。

梁淑珍从屋里走出来问刘永住："你怎么还不去买早餐，磨蹭什么呢？"刘永住说："两个年轻人说是刘夏的同学，在这里等他。"梁淑珍问："什么同学？"刘永住说："没说，就说是同学，找他有急事。我怎么从来没见过刘夏的同学来找他？也是两个聋哑人。"梁淑珍叹了口气："咱们家怎么这么倒霉，儿子孙子都聋哑了，同学怎么也都是聋哑的？"刘永住没理她，下楼买早餐去了。

洛县汽车站不大，不过大部分车子都会赶在早上发车，所以人很多，每辆车子前面都排着长长的队伍，人们大包小包地挤在一起，找个人就像是大海捞针。秦佩佩急着说："这可怎么办？要是他回到江北市，我们去哪里找他？"杨晓宇脑子一转，冲到一个拿着喇叭正在拉客的售票员前面，二话没说，抢过喇叭，放到最大的音量，大喊："刘夏刘夏，我是杨晓宇，我们来找你了，你在哪里？听到我的声音你就快点来！"他几乎是声嘶力竭地喊，外加喇叭的扩音作用，震得秦佩佩鼓膜生疼。售票员反应过来，一把抢回喇叭，嘴里还说："原来是个哑巴，用了喇叭别人就能听见你了？"引得众人哈哈大笑。可是杨晓宇听不到，也不在乎。秦佩佩挺佩服杨晓宇的，如果刘夏的世界也一样寂静无声，那这突如其来的声音一定能把他叫回来。他俩选择人少的地方，不停地喊着："刘夏！刘夏！"

路人都用怪异的眼光看着他俩，好像在看哑剧一样，都在议论，这两人是不是哪个精神病院跑出来的？

正在两个人已经快要放弃的时候，一个十几岁的少年缓步走到他俩面前，眼睛直勾勾地盯着他们俩。杨晓宇和秦佩佩也不约而同地看到了他，两个人都惊讶地张大了嘴巴。杨晓宇拿出自己十年前和刘夏的合影，又拿到眼前和这个少年对比，几乎以为这是在梦里，照片上的少年就像是眼前人刚刚拍出来的一样。

他激动地冲上前去抓住了他的手："刘夏，真的是你吗刘夏？我看到你的字条了。"刘夏却带着一丝警惕地问："你们是谁？我为什么能听到你们的声音？"杨晓宇这才想起来，自己早就不是十年前的样子了，刘夏肯定不记得了。他拿出照片给刘夏看："刘夏，我是晓宇啊，你看这是我们俩当年拍的照片。"他指着秦佩佩说："这是佩佩，你还记得她吗？当年咱们三个总在一起玩。"刘夏看了照片，又看了眼前这两个人，这才看出当年的轮廓。他激动地说："晓宇，佩佩，真的是你们？那天晚上你跑哪里去了？我一晃就找不到你了，你可真不够意思。"

杨晓宇说："说来话长，咱们找个地方说吧。"刘夏笑着说："不用，你走到哪里他们都听不到咱们说话。"杨晓宇笑笑说："也对。"他有点不知道该怎么面对这个自己的好朋友，现在他看到的刘夏分明是个孩子，可是语气又不像，他觉得自己真像来到了童话里。他把事情的来龙去脉讲了一遍，刘夏对这些事情并不感到惊讶，只在听到回去的方法时，他睁大了眼睛。杨晓宇说完问他："你要跟我们回去吗？"

刘夏说："我奶奶她还好吗？"杨晓宇说："她身体可好了，就是眼睛有点花，我爸妈在照顾她呢。她一直念叨着你，一直在等你回去。"刘夏点点头，自言自语着："我现在这样子还能回去吗？"杨晓宇说："怎么不能？"刘夏说："十年了，我听我爸爸说我一点没变，似乎停留在了来到镜子世界的那一刻，我不知道回去后会怎么样。而且我爸爸不想回去，我挺矛盾的。"杨晓宇想起来王鸣鹃的话：每个人都有自己的选择。他说："刘夏，这事你得自己想好了，刘叔叔有权利选择他自己的人生，你也有。要不你再赶紧问问刘叔叔？我们不能耽搁太久。不过，见到你，我的任务也算完成了。"

刘夏拨通了刘青山的电话："爸，杨晓宇来找我了。"刘青山在电话那头沉默了一会儿："你想跟他们走吗？"刘夏说："爸，那不是就留你一个人在这里了？当年你为了我才跑到这里来的，我不能把你一个人留下。"刘青山叹了口气："儿子，爸爸有些自私，没能带你回去，我想现在是个好机会，你应该回到你自己的世界。我在这里找到了我想要的幸福。当然，从来就没有十全十美的事情，不过我还是决定留在这里，你回去吧，也替我看看你奶奶，好好孝敬她。"刘夏想了想说："爸，如果有一天你想回来，你再回来吧。"刘青山说："不，我留在这里陪着你妈，我答应过她，不再跟她分开了。你走吧，儿子，总有一天你要自己走路，只是这一天对你来说有点晚了。就当这十年是陪着父亲做了一场梦吧，现在你该醒了。"

刘夏有点沮丧，不过看着杨晓宇和秦佩佩的目光，他坚定地说："好，我跟你们走。"看着秦佩佩和杨晓宇牵着的手，刘夏问："你们俩好了多久了？"秦佩佩不好意思地把手放开，她不知道是该用十年前的语气还是十年后的语气跟这长相稚嫩可是心态成熟的陌生老朋友说话。刘夏说："没事，我爸也催我找个女朋友，可是我个子这么矮，人家都不信我已经二十多岁了。"

杨晓宇问刘夏在这个世界还有没有要做的事，刘夏摇摇头："这个世界不属于我，我也不该留恋，什么都不该带走。就像我爸说的，这十年是一场梦。陪着我爸好好做了一场梦，我醒了，他还睡着呢，你能从梦里把东西带到现实里去吗？"

第十五章　王鸣鹃的世界

≡
≡
≡

自由给她的震撼更加强烈，

她这才意识到脑子里原来那些挥之不去的声音，

如今竟然都销声匿迹，她就剩下一个强烈的想法：回家。

≡
≡
≡

杨晓宇摇摇头："那我们现在就回广镜市吧。"刘夏说："广镜市？"杨晓宇说："嗯，我们现在都离开洛县了。"刘夏自言自语说："对，都十年了，谁还留在那里呢。你们早都大学毕业工作了吧。我听你们的。"杨晓宇一直记得王鸣鹃的话，早点办完事情早点回去，毕竟好多人挂念着自己。他知道当年刘夏失踪的时候多少人为他操心，可能现在的刘夏永远也体会不到。

　　三个人乘着当天的火车回到广镜市，为了不引起别人注意，直到半夜三个人才摸进疗养院。好在秦佩佩轻车熟路，不过她的钥匙不起作用了，怎么也插不进锁孔，杨晓宇从王鸣鹃的房间敞开的窗户跳了进去，才从里面把门打开。

王鸣鹃的房间是空的，里面没人。几个人静静地等了一会儿，刘夏问杨晓宇："回去后，你能帮我一个忙吗？"杨晓宇说："咱们俩还谈什么帮忙不帮忙？你的事就是我的事。"

十二点的时候，杨晓宇看到了跟以前一样的现象，王鸣鹃的那扇门稍暗，储物室的门更亮。他记着王鸣鹃的话，进了储物室，出门的时候回手把门关上，听到了"砰"的一声响。几个人相视而笑，他们知道，他们回到了原来的世界。尽管只有一天，杨晓宇和秦佩佩还是觉得无声的世界闷得要死，听到外面风吹的声音感到异常亲切。离开的时候，秦佩佩查看了所有病房，所有人都在，只有王鸣鹃的房间是空的。

第二天，秦佩佩上班的时候，陆嘉跑过来问："小秦，你不是说要走几天吗？怎么这么快就回来了？"秦佩佩支支吾吾地敷衍了过去，她急着问："今天我查房怎么没见王鸣鹃？"陆嘉说："我还想问你呢，那天晚上你值班的时候看见她了吗？"秦佩佩有点胆怯地说："我看见了啊。""那你走的时候她在吗？"秦佩佩说："在啊。"陆嘉疑惑地摇了摇头："唉，这个王鸣鹃以前就溜出去过，但是基本上第二天就会回来，我们都习惯了，看来我得联系下病人家属。"

王国强得知王鸣鹃又跑了的消息之后也没怎么惊讶，因为这也不是他第一次听说了，只是有点担心，为什么这次这么久还不回来。他内心隐约觉得女儿这次出走和那几起失踪案有关，可是他也解释不了。这十年来，他用尽了办法想让女儿忘记镜子的问题，可是女儿就像是掉进去了，他也已经渐渐失望。王鸣鹃失踪后的第二天，疗养院联系了市公安局，报告了一名精神病人走失的情况。这种情况相当普遍，所以公安局简单备案发文，也就不了了之了。秦佩佩也没把自己知道的事说出去，她知道没人会相信。她也知道，王鸣鹃对自己似乎有所隐瞒，她有自己的目的。

对于刘夏的归来，梁淑珍热泪盈眶。她搂着刘夏上下打量："嗯，和以前一模一样，胖瘦都没变。你这孩子跑到哪里去了？"刘夏编了个谎言，说："我现在什么都不记得了。"梁淑珍管不了那么多："你回来就好，我就知道你会回来的，我身子骨还行，我再等等，你爷爷和爸爸也会回来的。"十年前失踪的孩子现在找到了，这在洛县像引爆了炸弹，公安局终于销了案，记者来采访，都被梁老太太挡了回去。

一天，刘夏说："奶奶，这里太闹了，总有人上门来，我带你去个别的地方吧？"梁老太太说："去哪里？"刘夏卖了个关子说："我带你去个地方，能看到我爸的。"

刘夏来到杨晓宇家，跟杨建军道了谢，说："叔叔，谢谢你这么多年对我奶奶的照顾，不过现在我们要搬走了。"
杨建军问他们去哪里，刘夏说："我想去我姥姥家所在的城
市，那里还有些亲人。你放心，我会照顾好我奶奶的。"杨
建军知道这孩子脾气倔，拦也拦不住，只能让他有什么要帮
忙的尽管说，刘夏说："好的叔叔，有事我就找晓宇，他能
帮我。"

　　刘夏从杨晓宇那里借了一笔钱，说日后工作会还，杨晓
宇二话没说把钱给了刘夏。刘夏带着奶奶坐了几个小时的火
车，到了他在镜子里生活的江北市，费了一阵子口舌，把自
己曾经住过，也就是镜子里刘青山正在住的房子买了下来。
他把房间好好地装修了一下，特别在客厅里安装了一面大大
的镜子。

　　搬进去的第一天，他就指给奶奶看："奶奶，这镜子是
高科技，说不定什么时候你就能从镜子里看到爸爸。"梁淑
珍说："你别以为你奶奶老了就好欺负，什么高科技，就是
一面镜子嘛。"刘夏说："说你还不信，老脑筋，不信你戴
上老花镜。"梁淑珍半信半疑地戴上眼镜，刘夏指着镜子里
的刘青山说："奶奶你看，那不是爸爸吗？"梁淑珍盯着镜
子，果然看到了儿子，还和十年前一样。她哭着说："这个
孩子，怎么也不出来看看我。这是什么先进的技术？他在哪
里啊？"刘夏说："他现在回不来。你就这么天天看着他不
就行了？再说，我不是回来陪你了吗？"看着奶奶高兴的样

子，刘夏也算是放心了。

只是刘夏注意到，自己在镜子里仍然没有影子。他知道自己在镜子世界里看不到自己的影子，可是不知道为什么这次回来后，他仍然看不到自己的影子。不过他想想，影子重要吗？在镜子里我不也一样生活吗？

王鸣鹃忍住头疼站了起来，从储物室的门往外走。她没有觉出世界有什么异样，她听得到耳边各种声音。对面就是自己的房间，她挣扎着走过去，看见镜子里的自己，头发乱蓬蓬的，眼神呆滞，嘴角竟然歪斜着，她吓了一跳："我什么时候变成了这个样子？"她伸手去触摸镜子，可没想到镜子里的人竟然躲开了，王鸣鹃吓了一跳，这才发现，自己的房间里站的竟是个真人，她看到的不是镜子里的影像，而是个跟自己一模一样的人。她穿着跟自己一样的衣服，个子跟自己一样高，她的面容也是自己熟悉的面孔，就是自己熟悉的镜子里自己的面孔。那个自己笑嘻嘻地问："你怎么还不睡啊？你是不是想偷冰箱里的东西吃啊？"王鸣鹃吓得直往后退，她看了看门牌，的确是自己的房间，上面写着自己的名字"王鸣鹃"。她摇了摇头，趁着夜色跌跌撞撞地跑出疗养院。

月色皎洁，王鸣鹃感到身上轻松了许多。她觉得，这十多年来，她第一次可以这么自由自在地控制自己的身体。抬头看天时，天空异常明亮，她似乎从来没有看见过这么明亮的天空，哪怕是在夜晚，也看得出天空的通透。她脑子里有很多想法。她有些害怕这些想法是真的，可是又有种莫名的激动，想要去验证，却不知道该从哪一条开始。

她乘上了从广镜开往洛县的火车。清晨时分，她从火车上下来，下车时，广播正说着："今天洛县天气晴好，希望各位旅客都有愉快的一天。"王鸣鹃抬头看看天，真的是晴好无比，像是被水冲刷过一样。她听着耳边旅客们嘈杂的声音，她好久没有回洛县了。虽然没有去过林大志的家，不过听秦佩佩的描述，她大致知道方位，那是她必须去的第一个地方，她必须见一见林大志。路过玻璃厂旧址的时候，她感慨万千，如今这里已经是商业住宅区，看不出当年的景象。她从小区侧面的路口下去，径直走向庄稼地的深处，没多久就看到了一座破旧的小房子。

一个一身旧衣服的老人，正在院子里整修院墙。王鸣鹃走上前去，咳嗽了一下："请问您是林大志吗？"老人愣了一下，他仔细盯着王鸣鹃看了一会儿，说："你是王警官？"王鸣鹃点点头。老人说："你进屋来吧。"王鸣鹃进了屋，屋子里被收拾得干干净净、整整齐齐，像个被保护起来供人参观的名人旧居一样。

林大志走进房间，回头对王鸣鹃说："你到底是聪明人，这么快就找到这里来了。"王鸣鹃说："我很早就意识到了，可是验证不了。我的脑子里出现那个念头之后，身体就开始不受控制，真的感觉自己像个木偶，明明我想向东，身体却偏偏向西。这就是我为什么一直被困在疗养院，倒是那两个孩子帮了我，至少我也能看看真实的世界——你的世界，到底是什么样子的。"

林大志点点头，他说："我花了二十年的时间才搞清楚到底是怎么回事，你很聪明，你一开始就知道了，可是方向错了。"王鸣鹃说："是啊，好在我现在明白了。"她走到林大志家的镜子前，看着自己额头上的黑点，问他："你是什么时候知道你来到了我们的世界的？"林大志说："我一直以为自己的精神出了毛病，直到刘夏失踪了——那花了我十年的时间——我才意识到，我那些年生活的世界，不是我原来的世界。"

王鸣鹃把秦佩佩给自己的日记本拿了出来："这是你的日记本吧，佩佩给我的，她也看了你留给她的信，她叫你爸爸。"林大志的眼眶有些湿润，他接过日记本："我这个人爱写日记，可是这本我以为丢了，没想到被佩佩捡到了。那是我最痛苦的一段日子。"王鸣鹃试探着问："秦阿姨，你找到了吗？"林大志笑了笑："不好意思，我们那些事情也被你看到了。我这不刚刚把房间收拾好，我打听好了她住在哪里，正准备今天去接她。"王鸣鹃说："林叔叔，十年前我怀疑你，是我错了。你能给我讲讲这些到底是怎么回事吗？"林大志说："姑娘，你是个聪明人，但这些事情是怎么回事，我一点也不关心了，我只想和我老伴过好剩下的日子。至于在哪里过，都不重要，只要我们在一起就行。"

林大志看了看表："我还有几分钟，有一部分事情，你都知道了，跟当年你问我的时候一样，我说的都是实话。我就说我知道的。那年我跟老刘和小秦一起加班加点，9月2号以后，那几天办公室总有些怪异，我们没在意。但是现在回想起来，我那时已经发现，好像有人在门口看着我们，而且看着我们的就是跟我一起工作的老刘和小秦。"王鸣鹃问："也就是说，你同时看到了两个一样的刘永住和秦阿姨？"林大志说："我不敢确定，但是从背影看的确是，而且有几次保安问我们，刚刚明明看到老刘和秦怡出去了，怎么一转眼又从办公楼里出来了。当时我们没在意，以为是看错了呢。"老林看着王鸣鹃说，"其实，那才是你们当时要找的人。"

老林又说："9月5号的时候，我也发生了怪事，其实是我进入到了你的世界，而那时候所有的人都告诉我老刘和小秦9月2号就失踪了。我现在想想，那是因为你的世界里的他们俩不小心在9月2号就来到了这里。好了，这就是我知道的一切了，在你调查案件的时候，我似乎已经意识到了这些事情，可是我没办法离开佩佩，我必须把她抚养长大。我要走了。"说着林大志对着镜子照了照自己的装容，整了整衣领。王鸣鹃失魂落魄地往外走，老林说："你的头上也有一个黑点，可是你自己看不到。在你自己的世界，你们永远也看不到，只有我这个外来人能看到，就像你说你去的那个世界，人的头上有两个黑点一样。"

王鸣鹃想反驳老林，这个世界分明更加清晰更加透彻。她内心已经被征服了，可她还是不愿意接受这个现实：她也是一个活在镜子里的人。她现在才明白所谓的命运，不过是艺人手里拿着的那根线，而自己只是那个受人摆布的木偶。她坐在地上，用树枝画了三根线，一根线是她现在来到的真实世界，一根线是自己原来生活了三十多年的那个世界，一根线是自己曾经到过三天的另一个世界。她想搞清楚这一切：

本来，这些世界的人们都在按部就班地生活，这些世界互相都保持着高度一致。直到有一天，1981年的9月1日夜，刘永住和秦怡从他们所在的第一层镜子世界来到了现实世界。就像艺人手里同时操控着很多只同样动作的木偶，离他最近的那根线断了，他还依旧操控着剩下的木偶，所以当王鸣鹃进入第二层镜子里的世界时，刘永住和秦怡并没有失踪。9月5日，当现实世界中的林大志进入第一层镜子世界之后，就像是艺人不见了，他手里所有的木偶都断了线。在王鸣鹃所在的第一层镜子世界和她后来进入的第二层镜子世界，所有的林大志都不约而同地失踪了。而现在林大志回到了现实世界，生活在第一层镜子里的秦佩佩回到家里才会看到一个活生生的林大志，那是因为现实生活中的林大志回来了，就像艺人重新拾起了木偶线，只是那些木偶失去了这么多年的记忆，硬生生地被塞回了舞台上。

王鸣鹃想到这里，不寒而栗。一直以为自己是在为自己奋斗，其实所有的努力似乎都已经被那双操控木偶的手束缚了。也许她本不应该意识到这一点，直到她曾经进入自己的镜子世界，跟那个真实的王鸣鹃之间断了线，才逐渐有了自己的想法。她苦笑着想："早知道我一定会当警察，我还需要那么努力吗？早知道我迟早会进精神病院，我还用得着拼命地往外跑吗？这一切早都注定了吧。镜子里的人有多可悲啊。"

她又胡乱地在地上画着线，脑子里忽然闪过一个念头。其实这样的世界，就像两面镜子互相照射，会出现无限多个映像，只是自己比较幸运，就处在离现实世界最近的那一层，才有机会知道这个真相。她看看自己的双手，向天上挥舞了几下，她又笑着对自己说："这不是别人的动作了吧，现在我想向东走就向东走，想向西走就向西走。"自由给她的震撼更加强烈，她这才意识到脑子里原来那些挥之不去的声音，如今竟然都销声匿迹，她就剩下一个强烈的想法：回家。她拖着筋疲力尽的身体，朝自己的家走去。

开门的是王国强，他看着女儿的神情，又看看也赶来开门的妻子，听到王鸣鹃说："爸，我累死了。"王国强惊讶地看着她："女儿，你清醒了？你知道我是谁了？"王鸣鹃说："爸，你是我爸，我怎么能不知道。"又对母亲说："妈，你还好吗？"

王国强早已经花白了头发，他搂着王鸣鹃和妻子老泪纵横："女儿啊，我想不到有生之年还能听你再叫我一声爸爸。"王鸣鹃盯着自己面前的镜子，想想现在还在精神疗养院里的那个真实的自己，如今她终于摆脱了那个真实的王鸣鹃手里的线。她面无表情地说："爸，妈，我也想不到。我以后一定好好孝顺您，把这些年亏欠您的都给补回来。"

2015年12月25日　第二稿